29歳の誕生日、あと1年で死のうと決めた。

葉山アマリ

Open! BOOKS

29歳の誕生日、あと1年で死のうと決めた。

《目次》

みにくい派遣の子

「ハッピバースデートゥーミー」

アパートの近くのコンビニで買った苺《いちご》のショートケーキを前に、私は努めて明るく、自分を祝うための歌を歌った。

「ハッピバースデートゥーミー」

三角の白いケーキは、そのホイップクリームの上に小さな1粒《つぶ》の苺を載せ、スポンジとクリームの断面を見せている。

「ハッピバースデーディアわたしー」

本来なら、大2本と小9本のロウソクを立てたいのだけれど、たった1ピースの小さなケーキには、当然ながらそんなスペースはない。仕方がないので、形ばかり、1本だけでもとロウソクを挿して火を点《とも》した。

「ハッピバースデートゥーミー」と最後まで歌って、私は、ロウソクの火をふっと吹き消す。「おめでとうー」と歓声をあげながら小さく拍手をし、自分で自分を祝った。

29歳の誕生日。たった一人でのバースデーパーティー。一人には慣れている。昨年も、一昨年も、その前も、こうして一人で祝ったのだから。

畳6枚が敷かれた小さなアパートの一室の隅々までを、蛍光灯の光が青白く照らしている。四方を囲む白い壁には、カレンダーや写真などは飾っていない。

西側の腰高窓にはグリーンの無地のカーテン。梅雨が明け、夏になる直前の、もわっと湿気た空気が部屋に充満し、窓を半開きにしてもまったく涼しい空気は入ってこない。けれど、極力電気代は増やしたくないので、据え付けの古いエアコンは滅多につけないで我慢している。

冷蔵庫とテレビ、小さな木棚が北側の壁に並び、部屋の真ん中には足を折りたたむことができる白い小さな簡易テーブルがひとつ。

必要最低限の家具だけを置いた、シンプルで、殺風景ともいえる部屋の隣には、

1畳ほどの板張りのスペースがあり、小さなシンクの横に二口ガスコンロを置いたブロックキッチンが備えられている。

ユニットバス付きの1Kのアパートは、お世辞にも広いとは言えないけれど、会社と家を往復するだけの一人暮らしの私には十分だ。

つけっぱなしの14インチのブラウン管テレビは、バラエティ番組の騒々しい音を垂れ流し続けている。これといって趣味もない私は、会社から帰ってくると、テレビをつけ、BGM代わりにするのが日課となっていた。


バースデーパーティーなど洒落た場を設けてくれるような友人など私にはいない。だからといって会社でいじめられているとか、仲間はずれにされているとか、そういうことはない。

派遣社員として働く私には、一緒にランチを食べる仲間だっている。けれど、みんな社内だけの付き合いで、仕事帰りや休日に会って遊ぶような関係ではなかった。

派遣社員は、早ければ3ヶ月で職場が変わってしまう。「はじめまして」「さようなら」の繰り返し。転校を繰り返す子どものように、「仲良くしても、どうせすぐに別れてしまうんだ……」という気持ちはいつも付きまとっている。

正社員たちとプライベートで交わることはない。

たとえ正社員の輪に入ったところで、収入を大きく下回る私は、彼女たちと同じレベルで遊ぶことなどできない。派遣社員と正社員の間には、明らかな収入格差があった。

学生時代の友人たちとは、今ではすっかり疎遠だった。仲の良い子もいたけれど、ほとんど連絡を取っていない。結婚し、子育てに追われている友人とは自然と距離が離れてしまっている。

テーブルの上に無造作に投げ出された郵便物が目に入った。嫌でも目に付くのが、携帯料金と電気代の督促状だ。

派遣社員の私は、働いても働いても、生活は苦しく、このような公共料金の滞納もしばしばだった。

私は、その督促状を見えないところに押しやり、テーブルの上に置いたケーキにフォークを伸ばした。

大好きなものから先に食べるタイプの私は、真っ先にフォークを苺に刺す。美味しそうな赤い果実を大きく開いた口に入れようとしたそのとき、それはフォークから逃げた。

あっ、と思ったけれど間に合わなかった。苺はぼとり、と床に落ちた。

私は慌てて手を伸ばす。

(すぐに拾えば食べられる……)

息で汚れを吹き飛ばそうとつまみ上げると、クリームまみれの苺には、長い髪の毛が1本、ぺとりとついていた。

(洗えばいける、洗えばいける)

焦《あせ》った私は、自分に言い聞かせるようにそう唱えながらキッチンに走る。流し台で苺を洗おうと屈み込み、水道の蛇口に手をかけた。

そのとき、ふっと心の糸が緩んだ。

(何してるんだろう、私……)

ステンレスのシンクにたまった洗いものをぼんやりと眺めながら、私は自分の姿を思う。

床に落とした小さな苺を必死になって食べようとしている、でっぷり太ったアラサー女。それが今の私だった。

ダメだ、と思ったけれど、もう遅かった。自分の意思とは裏腹に涙が一筋、つーっと頬を伝う。それを合図に、押し留めていた激しい感情の流れが堤防を決壊させた。

（……みじめだ……）

涙はあとからあとからあふれ出て、もう止まらなかった。

テレビから聞こえるタレントや芸人たちの笑い声の中、私はわんわんと声をあげて泣いていた。

どうして、こんな生活になってしまったのだろう。私が特別駄目《だめ》な人間なのだろうか。

いや、私は、どちらかといえば世間的には優秀なほうだった。

大学は、その頭文字を取って「ＭＡＲＣＨ《マーチ》」と括《くく》られる都内の難関私立大学に現役で進学し、ちゃんと４年で卒業した。そして、「超」がつく就職氷河期の中、消費者金融の会社に正社員としても採用された。

しかし、バリバリ体育会系のその会社の雰囲気に馴染めなかった私は、１年と経たずに退職してしまった。次に、契約社員として再就職した会社の契約もほどなく打ち切られ、それ以降は、ずっと派遣社員として働いている。

正社員の魅力に気付いたのは、20代後半になってからだった。

再び正社員になろうと転職活動をし、職種を選ばず、手当たり次第、それこそ何百社も履歴書を書き応募をした。けれど、世の中の景気は悪くなる一方。これといった経験も資格もない私に届くのは、不採用通知ばかりだった。

企業側は口を揃えてこう言う。「経験者がほしいのです」と。

では、一体その経験はどこで積めばいいのだろう？　派遣先の企業名は職歴には書くことができない。それに、資格を取りたくても、そのための資金も時間もない。

私には、どうすれば良いのかわからなかった。

20代前半の呑気な自分を恨みたい。戻りたくてもおいそれと戻ることのできる場所ではないことを知らずに、正社員というポジションを簡単に捨ててしまった若き日の自分を叱《しか》ってやりたい、と切実に思う。

もちろん、派遣社員にはメリットもある。時間の融通がきくし、働く条件を選ぶこともできる。

けれど、私は好んで派遣社員をやっているのではない。「3ヶ月の契約を更新してくれるだろうか」「派遣切りされないだろうか」と怯《おび》えなくて済む正社員に戻りたかった。

不況の昨今、正社員だってリストラされないという保証はない。けれど、それよりもまず真っ先に切られてしまうのが派遣社員なのだ。

それに、派遣社員の収入は少ない。毎月手取り17万円で、ボーナスなし。交通費も支給されない。

たとえばゴールデンウィークや夏休みなど、世間の人々が焦《こ》がれる長期休みも私にとっては死活問題だ。

どこかに旅行する金はなし。そのうえ、休みの間の給料は支払われない。結果、世間が旅行だなんだと浮かれている間、私は、じっと家に閉じこもっているしかなかった。そうやってこもっていても、大型連休のあとなどは生活費が足りず、公共料金も滞納してしまうのだった。

最近、耳にするようになった「ワーキングプア」という言葉は、一般に税込年収200万円以下をラインとするのだそうだ。私はなんとかそれをクリアしている。

しかし、それも、ちゃんと派遣先があればの話。仕事をしない期間があれば、年収は減ってしまい、まさにその枠に入ってしまう。

30歳を目前にして、貯蓄はゼロ。生活はいつもぎりぎりで、貯金などできない。

毎日が不安で不安でたまらない。

一体、私は何処《どこ》で間違えてしまったのだろう……？

落ちこぼれた優等生

小さいころの私は、何事もごく平均的な普通の女の子だった。

ピアノ、水泳、そろばんなど、いろいろな習い事をしてはいたが、多くの子どもがそうであるように「みんながやっているから」という安易な理由でしかなかった。

とはいえ、そうした習い事をきっかけに、なかには思いがけない才能を発揮する子どももいるだろう。私はといえば、箸にも棒にも引っかからない類だった。

次第に習い事をサボるようになり、いくつかは勝手に行くのをやめた。

だからといって両親に叱られた記憶はない。いつも優しく見守ってくれていた。

私にはこれといって興味を持てるものもなく、特別得意なことがあるわけでもなかった。

ただし、勉強を除いて。

生まれ持っての運動オンチを矯正《きょうせい》することはできなくても、勉強なら、ある程度なんとかなる。塾に通い、家でも勉強した。成績が上がるたびに、両親は喜んでくれ、それが自分でも嬉しかった。

しかし、それが通用したのは、中学生まで。

トップクラスの高校に入学した私は、そこで緊張の糸がぷつりと切れてしまい、授業のスピードについていけなくなった。

成績が落ちるのは早かった。あっという間に私は、授業がまったくわからない落ちこぼれになっていた。

「何の取り得もないけれど、勉強だけは少しできる」という心の拠り所がなくなった私は、学校をサボりがちになった。

「勉強するも、落ちこぼれるも、個人の自由だ」という、学校の極めて個人主義な方針も拍車をかけた。

私は要領よく出席日数を保ちながら、干渉してくる人のいない気楽さをむしろ積極的に受け入れた。

そんなふうに高校生活を過ごしていた私は、３年生になると進路希望の用紙を前に途方に暮れることになった。

これ以上勉強はしたくない。かといって、まだ働きたくもない。そんな自堕落な消去法によって、結局、私は進学を希望した。

そうなると、志望校を決めなければいけない。でも、私には行きたいとか魅力的だと思える大学はなかった。

(そうだ。兄と同じ大学へ行けば、私にも何かワクワクするような楽しいことがあるかも？)

８歳年上の兄は、すでに社会人となり、家を出ていたけれど、社交的で友人にも恵まれ、大学時代を、とても楽しそうに過ごしていたからだ。

安易な動機ではあったけれど、私は志望校を兄の出身校である難関私立大学に決めた。高校の授業についていけなかった私がそんな大学を目指すなど、一体誰が本気にしただろう。けれど、それからの私は、高校の勉強を一から学びなおし、なんとか兄と同じM大学に現役合格することができたのだ。

失恋、介護、そして失業…

私は、地方から上京して来る若者が「東京にさえ来れば何か面白いことがある」と思い込むように、とにかく入学さえすれば、キラキラとした楽しいことが待っているに違いないと思っていた。

現実は違った。

大学も高校生活の延長のようなものだった。ただ、自由度が増しただけ。各々好きな講義を自主的に取って履修する。単位さえ取れれば出席日数は特に問わないという大講堂での授業もあった。私のようなもともと個人主義的な人間は、クラスメイトが集まる履修選択科目のない日には、1日誰とも話さないで過ごすこともできた。

目的もなく適当に入った学部だけに、面白いと思える授業もなく、刺激を求めて入ってみたサークルにも興味が持てなかった。

私は、落胆したまま、郊外の実家から都内の大学に通い続けた。

ところが、そんな期待外れの大学生活は、恋人ができて一変した。

同級生から紹介された彼は、私にとって理想どおりのルックスではなかったけれど、彼が持っていたのは「東大生」という最高級のステイタスだった。

当時の私には、「東大」というブランドが、彼のややもの足りないルックスをも輝かせてしまうほど魅力的に思えた。

東大生の彼がいるというだけで、たとえ景気がますます悪化しようとも、自分だけは明るい未来を約束されたような気がした。

こう言うと、ずいぶんと打算的な女だと思われるかもしれない。けれど、私は、自分が計算していることにも気付かず恋に落ちていた。

付き合いが長くなるにつれて、私の未来予想図は彼ありきとなっていった。

大学を卒業して、25歳で結婚しよう。彼の仕事も軌道に乗っているに違いない。

腰掛けで就職した会社は寿《ことぶき》退社して、専業主婦になるんだ。

そんな人生プランを勝手に描いていた私は、卒業してなんとか就職することができた会社を1年足らずで辞めたときにも、危機感は感じていなかった。

(どうせ結婚するんだし……)

そのあと正社員ではなく契約社員を選んだのも理由は同じだった。

その25歳で、私は振られた。

彼が、ほかに好きな女性ができたというのだ。青天の霹靂《へきれき》だった。信じられなかったし、信じたくなかった。

けれど、私には、どうしようもなかった。

静かすぎる一人の時を過ごしてみて、ようやく私は、自分の人生を、完全に他人に託すという取り返しのつかない過ちをしていたことに気付いた。

私には、彼への未練というよりも、彼に付随していた未来を失ってしまったという喪失感のほうが大きかったからだ。


悪いことが続いた。

失恋から間もなく、父が突然、脳梗塞《のうこうそく》で倒れた。

定年退職したばかりで、これから第二の人生を楽しもうというときだった。

集中治療室で数日間治療を受け、父はなんとか一命を取り留めた。しかし、左半身不随という後遺症は残り、歩行も困難になってしまった。

ショックだった。

大好きな父の病《や》んだ姿を毎日目《ま》の当たりにするのは辛かった。だから、私は、母一人に父の介護を押しつけ、逃げるように家から飛び出してしまった。ひどい娘だと思う。でも、私も大失恋をしたばかりで、心に余裕がなかった。

そのころ私は、契約社員として働いていたＩＴ関連の会社で仕事に没頭していた。たまたま大きなプロジェクトの一員として仕事を任されていたのだ。

大企業のソフトを丸ごと入れ替えるという大事業。嘆いている暇もないほど忙しくなった。そのことが、一人暮らしの決意を後押しした。

「私も今忙しいのだから……」という言い訳を、自分にも人にもすることができたのだ。

朝から晩まで働き、疲れ切った体をひきずって帰宅し、シャワーを浴びて寝る。

残業も休日出勤もし、疲れれば疲れるほど充実しているような気がした。

会社とアパートをただひたすら往復する日々。忙しく動いている間は、他のことを考えずに済んだ。

しかし、私が逃げ込んだそのプロジェクトは、やがて完了してしまった。そして私には「お疲れさん、しばらくラクしなよ」と軽めの仕事が与えられた。

本来なら、心と体の充電期間になるはずのその時間が、私には苦痛の時間となった。

かろうじて私の心を支えていたつっかえ棒をいきなり取り払われた感じだった。

そこへ封じ込んでいたはずの失恋の悲しみ、親の病気の問題などが、一挙に噴き出し、支えを失った私の心は見事に折れた。何もする気が起きず、無力感に苛《さいな》まれた。会社にも行く気になれず、休みがちになっていった。

ストレスのはけ口は、食欲に向かった。

私は、空虚感を食べ物で埋めるように、とにかく何かを口に入れ続けた。

食欲が止まらない私は、ぶくぶくと太り続け、大学卒業時に53キロだった体重は、あっという間に、70キロを超えてしまった。

だらけた見た目同様の、やる気のない契約社員を会社が雇い続けてくれるわけがない。私は更新時に、すっぱりと契約を打ち切られてしまった。

けれど、働かなければ暮らしていけない。

気力を振り絞って、私は、新しい仕事を探した。とにかく、すぐに働くことのできるところ。

こうして私は、派遣社員となったのだった。

余命

私は、キッチンに立ち尽くしたまま、ぼんやりとこれまでの人生を思い返し、絶望的な気持ちになった。

私には、何もない。

定職を失い、恋人と共に未来を失った。

実家は裕福どころか病気の父の退職金と年金でなんとか暮らしていて、頼ることはできない。それに、唯一私を可愛がってくれていた家族のもとを自分から去った私は、今さら、両親に会いに行くことなどとてもできなかった。

気の合う友人もいないし、趣味もない。

せめて、好きなことや没頭できる趣味があれば良かった。すごく貧乏でも、仲間たちと好きなことをして充実している小劇団の劇団員や、バンドマンたちがうらやましい。私にも打ち込めるものがあれば、また違った人生になるのではないかと思う。しかし、この29年間、興味を持てるものに出会うことができなかったのだ。これからも出会うのは難しいだろう。

（一体何のために生きているのだろう？）

そう思ったとき、私はぞっとした。恐ろしいことを考えてしまった。触れてはいけない根本に触れてしまった気がした。しかし、考えは止まらなかった。

（私は、生きている価値が、あるのだろうか？）

そう考えると、一気に、自分という存在が無意味なものに思えてきた。誰の役にも立たず、誰にも必要とされない人間。

小さいころは、両親や兄がとても可愛がってくれた。今でも、家族の愛を疑ってはいない。けれど、なんの取り得もない娘がこんな底辺の暮らしを送っていることを知ったら、きっと嘆き悲しむだろう。私なんて、きっと家族のお荷物だ。そんな想いに囚われていた。

私は、キッチンから部屋を眺めた。テーブルの上に置いたままの、苺を失くし、ひしゃげたショートケーキが視界に入った。

とうとう29歳になってしまった。

何の取り得がなくても、ここまでは若さでなんとかやってこられた。いや、それでも、公共料金の支払いにも事欠くギリギリの生活だ。30代になれば、今よりもっと就職は厳しくなる。今だって、何百社も受け続け、断られ続けているのに、資格も何もない私など、もうどこも雇ってくれないのではないか。

今のこのカツカツの生活よりも、今後レベルが向上する可能性は、ゼロに等しく思えた。

私には、将来を語り合う相手もいない。

男性たちの視線は私を通り越して、エステに通って自分を磨いたり、流行のファッションに身を包んでいる、若くて華やかな正社員の女性たちに向いている。彼女たちは、合コンだ、飲み会だと毎日楽しそうだ。

けれど私は、そんな会に誘われたこともない。もし誘われたとしても、着ていく服もなかった。

まるで「シンデレラ」だ。でも、私のところに魔法使いのお婆さんは一向に現れない。毎日が家と会社の往復で、新しい出会いもなかった。

ただでさえ、70キロ以上もある醜い容姿の自分など、誰が相手にするだろう。30代になってしまったら、存在すら無視されてしまうのではないだろうか。

(人生は下る一方だ……)

年を取ることが、怖くて怖くてたまらなかった。これ以上どん底の生活が先にあるなどと考えたくない。

「そんなことないよ、頑張ればいいことあるよ」なんて見え透いた嘘で励ましてくれる友だちもいない。私は、恐ろしいほどに一人ぼっちだった。

あと一年で20代も終わってしまう。そう考えると、今でさえ少ない希望が閉ざされていく感覚を覚える。

私のこの先にある人生は、真っ暗なトンネルのようなものだ。これから80歳まで生きるとして、あと約50年――その数字を思い描いて気が遠くなった。

あと50年も生きていけるだろうか。ずっと、家賃を払っていけるだろうか。水道や電気を止められてしまわないだろうか。

「孤独死」という言葉が頭に浮かんだ。誰にも看取られず、死んだことさえ気付かれず、一人寂しく死んでいく自分の姿が頭に浮かび、強い恐怖が襲ってきた。

そのとき、つけっぱなしのテレビの光を反射して、立てかけてある包丁の刃がきらりと光った。

そうだ、今死ねば、まだ誰か悲しんでくれる人がいるかもしれない。気付いてくれる人もいるかもしれない……。

手が、ゆっくりと包丁に伸びた。いつもは単なる調理器具でしかない包丁が、今は禍々《まがまが》しい刃物に見える。右手で柄を握り、鈍く光る刃を左手首にあてがった。息を止める。

周囲から音が消えた。包丁を握る右手が小刻みに震える――。

経験したことのない、長い長い時間が過ぎた。私は、震える手を下ろし、がくりとうなだれた。

（できない。やっぱり、できない……）

子どもが先に死んでしまうことが一番の親不孝だとか、命は何よりも大事だという倫理観だとか、生きたくても生きることのできない人たちがいることだとか、そういうことも、もちろん咄嗟《とっさ》に頭に浮かんだ。けれど、一番の理由はそれらではなかった。

怖かった。ただ死ぬことが恐ろしかった。

現実の人生のほうが怖い、逃げ出したいと言っても、私には死ぬ勇気もないのだ。

私は、空気の抜けた風船のように、キッチンの床にへたり込み、力なく笑ってしまった。

生きる勇気も、死ぬ勇気もない。とことん、中途半端な人生だ。

ぼんやりと、テレビのブラウン管を見つめる。

旅番組だろうか。色とりどりの外国の風景がチカチカと光り、流れては消えていく。社会から隔離されたような存在の私には何の関係もない景色だ。BGMのやけに明るい音楽がはるか遠くから聞こえる。私はもう泣く気力すらなくなっていた。

テレビの画面がぱっと切り替わった。その瞬間、ただの光る箱にすぎなかったそれが、意味を持ち、私は、心をつかまれた。

そこには、観たこともない美しい世界があった。眩しい光がキラキラと瞬いて、華やかで、笑い声の絶えない世界。

そこは、ラスベガスだった。

これまで、雑誌やテレビなどで何度も目にしたことがあったはずなのに、私は、このとき初めて、街中が光で埋め尽くされた世界一のエンターテイメントシティ・ラスベガスに、なぜだか急に引き込まれたのだった。

その民放のバラエティ番組は、煌《きら》びやかに着飾った芸能人たちが、ラスベガスの街で優雅に楽しむ姿を映し出していた。

テーマパークのように趣向を凝らしたホテルのレストランで、見たこともない豪勢な食事をし、広大なアウトレットでショッピングを楽しみ、迫力満点のアトラクションやショーを観賞し、カジノでポーカーやスロットマシンで遊び、「勝った！」「負けた！」と大騒ぎしている。

人間が思いつく全ての美しさを詰め込み、贅《ぜい》を尽くした街。そこに、「陰」の入り込む余地もないような、完璧な「陽」の世界。遊園地を何百倍にもしたような規模の、華やかさだけを突き詰めた世界――。

（キレイ……）

古茶けた6枚の畳と画鋲《がびょう》の穴だらけの壁に囲まれて座り込む私は、あまりに自分と違う世界に圧倒された。

(この地上に、こんな場所があったんだ……)

現実離れした、毎日が幸せなフェスティバルの世界。

「地上の楽園」という言葉があるけれど、まさにここがそれだと思った。

どうせ、死ぬのなら、一度でいい、こんな想像も追いつかないような馬鹿みたいにキラキラした夢のような世界で、これ以上ないというくらいの、一生分の贅沢《ぜいたく》をしてみたい。

それは、ものすごく素晴らしいアイデアに思えた。

特に、私が惹かれたのは、カジノだった。

今までに手にしたことがないような大金が一瞬でなくなったり、もしくは何10倍にも膨れ上がったりするカジノ。

贅沢の極地だと思った。ちまちまと生活費を稼ぎ、支払いに追われている私の生活では、当たり前だけれど一生縁はないだろう。

小さなお金にしがみついているのが急に馬鹿らしくなった。

すべてを捨ててしまおう。

きっと、死ぬ勇気が持てないのは、まだ何かに未練があるからだ。カジノで全てを賭けて、何もかも失くしてしまえば、きっと思い残すことはなくなるだろう。すっきりとした気分で死ぬことができる気がする。

真っ暗なトンネルに、細い光が射した。


テレビの中では、チップを10倍に増やしたタレントが大喜びしている。

（決めた！）

死ぬ前に、ラスベガスへ行こう。

そうだ。どうせなら30歳になる直前、29歳最後の日を、めいっぱいこれ以上ないくらい派手に過ごして死にたい。カジノで全てを失っても構わない。人生の全てを賭けて勝負しよう。そして、30歳で思い残すことなく命を絶とう。

（そう、私の余命は、あと1年だ！）

この日から、私の人生のカウントダウンがはじまった。

最低賃金

私の命は、あと1年。

そう決めて、人生最後の日をラスベガスで過ごす決心をした私には、もちろん貯金など1円もなかった。

今の暮らしでも、食費を削るなどして毎日少しずつ節約すれば、格安のチケットでなんとか旅行することはできるかもしれない。けれど、それではラスベガスで「豪華」に過ごすことはできない。

私の目標は、ラスベガス見物なんかじゃない。思い残すことなく贅沢三昧《ざんまい》をし、そして最後の日にはカジノで、文字どおり命を賭けて人生の真剣勝負を挑むことだ。

では、一体、1年で大金を貯めるにはどうすればいいだろう。

私は、早速、近所のネットカフェに走った。

一番安いオープン席に座り、「高収入」のキーワードで検索を掛けまくる。

ヒットしたのは「治験」「風俗」「水商売」など。その中で、「銀座のホステス」というキーワードが目にとまった。

銀座の高級クラブなどにはもちろん行ったことはなく、テレビ番組の特集などで目にするくらいだった。

毎夜毎夜パーティーのような煌びやかな夜の世界。

水商売に抵抗がないわけではない。普段だったら、自ら選ぼうとはしない職業ではある。

けれど、このとき、自分とはかけ離れていると思っていた別世界が、ラスベガスとリンクした。

未知なる輝きを持つ高級クラブと、ラスベガスが、私の頭の中で、結びついたのだった。

こんな華やかな世界に身を置けば、ラスベガスに近付くことができるのではないか、私はそう錯覚した。

それに、夜の仕事なら、派遣社員と並行してできる、うってつけのアルバイトだ。

銀座のクラブは横のつながりが強く、基本的に知人の紹介などでしか入れないらしいのだけれど、ネットで探すと、ホステスを募集している店も数店あった。私は、そのお店に片っ端から電話をかけ、5軒の面接にこぎつけた。

私は、あまりにも無知だった。体重70キロ台という肥満体型の30歳近い女を雇ってくれる高級クラブがどこにあるというのだろう。

けれど、それに気付いたのは、厳しい現実に直面したあとだった。

当然ながら私は、面接に行ったどの店でも瞬時に断られた。容姿の問題もさることながら、私は水商売が未経験なうえに、まったく酒の飲めない完全な「下戸《げこ》」だったのだ。面接をしてくれたクラブのママに、

「なに？　あなた、ふざけてるの？」

と怪訝《けげん》な顔をされるのはいいほうで、

「冗談じゃない！　あんたと飲むために、誰が何万円も払うわけ!?」

と怒鳴られたこともあった。

こんなに自分を完全否定されたのは初めての経験だった。

このときほど、世間知らずの自分を恨んだことはない。こんな大恥をかくくらいなら、来なければ良かった……。

邪険にされるたび、怒鳴られるたびに後悔はつのった。


とうとう最後の店にも断られ、私は銀座の街の中で呆然《ぼうぜん》としてしまった。

アルコールで陽気になった人々が笑いながら通り過ぎる。誰も私のことなど眼中にないようだ。蒸し暑い都会のビルの森で、私は立ちすくんだ。

そのとき、後ろから誰かが私を呼んだ。それは、ついさっき面接を受けた店で働く中年の黒服の男性だった。

(なんだろう、忘れ物でもしたかな……?)

と戸惑う私に男性は言った。

「お店を探してるなら、一軒紹介してあげようか?」

私は耳を疑った。なぜこの人が紹介なんてしてくれるんだろう。

しかし、よくわからないが、チャンスをもらえるらしい。有り難い、捨てる神あれば拾う神ありだ。

男は「……君じゃ、次のホステスが見つかるまで、って言われるかもしれないけど」とも言ったが、雇ってもらえるのであれば、全然構わなかった。

私は、黙って男の後ろについていった。

もしかしたら、怪しい所に連れて行かれるかもしれない。そんなことも少し頭をよぎったが、まあそれなら店の前で引き返せばいいや、と思った。

打たれすぎてパンチドランカーになっていた私は、たしかに思考能力が低下していた。けれど、それだけではない。私は、余命を1年と決めたときから、どこか開き直ったような、腹が据わったような、そんな気持ちになっていた。

あとたった1年しかないのだ。迷ったり悩んだりしている時間はない。それに、どんなにひどい状況になったとしても（これ以上にひどい状況があるのであれば）、あと1年で解放されるのだ。そんな、どうにでもなれ、という諦めの境地にも似た覚悟が生まれているのだった。

男は、数10メートル歩いた先のビルに入り、エレベーターに乗った。３階で降りると、両側に重厚なドアが並ぶ、電飾で飾られた看板や大きな花輪が置かれた薄暗い廊下を歩いていく。

「クラブ幸《さち》」という店名が書かれた店の前で男は足を止めた。慣れた感じでドアを開く。

「ママ、働きたいって人がいるんだけど」

男が言うと、艶やかな着物を着た女性が現れた。

かなりの年配だが、どこか気品があり、ママの風格を醸《かも》し出している。年相応の美しさのあるその顔には、しかし、すぐに複雑な表情が浮かんだ。

「……ずいぶん面白い人連れてきたわね」

ママは遠まわしな表現をしたけれど、私の容姿を見て明らかに困っている。

さらに、水商売未経験、酒がまったく飲めない、ということを伝えると、思わずぷっと吹き出した。呆《あき》れを通り越しておかしくなってしまったらしい。

(やっぱり駄目か……)

私はもう落胆するのにも慣れてきてしまっていた。

けれど、男はもう一押ししてくれた。

「でも、店のホステスたちが立て続けに辞めちゃって、人手が足りないって言っててただろ？」

「うーん、そうね、でも……」

「今はこんなだけど、この人、化けると思うよ。使ってみなって」

さらに一押し。私は、心の中で男を応援した。何ていい人なんだろう、私をこんなに買ってくれるなんて……。

このときは知らなかったのだけれど、こういったお店に女性を紹介し、ホステスとして働き始めると、「紹介料」というものが発生するらしい。ホステスが働いた中から引かれた金額が紹介者に支給され、数万円から時には数10万円の儲けになるというのだ。

そんなちょっとしたお小遣い稼ぎのために、男は懸命に私をプッシュしてくれているのだった。それを後に知った私は、少し落胆したのだけれど。

「ね、とりあえず頭数《あたまかず》を揃えなきゃいけないし」

男がそう強く言うと、ママは息をひとつ吐いて、

「そうね……じゃあ、次のホステスが見つかるまでのつなぎってことで……」

と渋々承諾した。

（やった！）

私は小躍りしたくなった。

こんな私が、夜の銀座で働くことができるのだ！

けれど、ママは私にきっぱりと言った。

「あなたには、ちょっと日給1万円は出せないわ。８０００円からスタートでいいわね」

銀座のホステスは、最低でも日給1万円は当たり前で、それ以下で働いているホステスなんていないらしい。

けれど、私の派遣の仕事は時給１３５０円で、毎日8時間ほど働いて月に手取り約17万円だった。

それが、ここでは、たった4時間働くだけで８０００円。週に4日出勤して、月に12万８０００円もらえる計算になる。昼の仕事と掛け持ちすれば、月に30万円くらい稼ぐことができるのだ。

私にとっては信じられない大金……！

夢中で頷《うなず》く私の体に、ママはじろりと視線を這《は》わせた。

「あなた、今、体重何キロ？」

「……73キロです」

「じゃあ、20キロやせたら日給1万円にしてあげる。頑張んなさい」

私は「はい！」と大きく返事をした。

一日の苦労が報われた気がする。どこでどんなことが起こるかわからない、何でも思い切ってやってみるものだ。

やらなければ可能性はまったくのゼロだけれど、行動を起こせばほんの少しでも奇蹟が起こる確率が生まれるのだ、ということを私は実感した。

「源氏名はどうしようかしら？」

「源氏名？」

ママは、そんなことも知らないの、と驚きつつも教えてくれた。

「お店での名前よ。ニックネームみたいなものね」

私はちょっと考えてから答えた。

「あまり……アマリにします。余りものの〝アマリ〟」

すると、ママがまた吹き出した。

「そうね、それはいいアイデアかもね」

ほかのホステスたちは、「ランちゃん」「ユリカちゃん」「アキホちゃん」など可愛らしい名前を付けているようだった。

けれど、私はお情けで入れてもらった「余りもの」なのだ。それを肝に銘じなければならない。調子に乗らず、自分の立場をわきまえなくちゃいけない。そんな思いから自虐的につけた名前だった。

それでも別の名前を持った私は、別人になれたようでちょっぴり嬉しかった。

銀座の方程式

このとき働いていた会社では、多くはないけれど、たまに残業を命じられることもあった。そこで、さっそく私は、夜の銀座で働くために、アパートから近く、残業のない会社に派遣先を変更してもらうことにした。

働く期間や、時間、勤務地などを自分で選ぶことのできる派遣社員のメリットを、初めて私は存分に活用した。

これからは、平日の9時から17時まで新しい派遣先の会社で働き、19時半から23時半まで銀座のクラブで働くという暮らしが始まる。

一から水商売を始めるにあたって、揃えなければならないものが山ほどあった。

まずは、衣装だ。

年配のママは着物だけれど、ホステスたちは、色とりどりの鮮やかなドレスを身に纏《まと》っている。ホステスのドレスは自前。毎日同じものを着るわけにはいかないので、せめて2、3着のドレスは必要だ。

それでも、「クラブ幸」はいいほうだった。ほかのクラブでは、新しいドレスを着てこなくてはいけない「新調日」のあるところが多いらしい。

もちろん、その分、もらう給料も高いのだろうけれど。

もらう分が多くなるほど、出ていく分も多くなる、それが銀座の方程式なのかもしれない。

私としては、初期投資をなんとか削りたかった。

けれど、安いドレスを探したくても、私には、ああいったドレスがどんなところで売っているのか、一体いくらするのかさっぱりわからなかった。

銀座の有名百貨店に行って、パーティードレスのコーナーを見てみたら、とてもじゃないけれど手の届く値段ではなかった。

さらに、値段はともかく、自分が入るビッグサイズなどまず見当たらない。私は、自分が醜く太っていることを再認識して悲しくなった。

しかし、落ち込んでいる暇はない。

またネットカフェに走った。通販サイトを片っ端から見る。13号、15号、17号、19号……ネット通販なら、大きいサイズもたくさん取り扱っていた。

ネット社会は本当に便利だ。予算を切り詰めつつもなんとか安物っぽく見えない生地とデザインのドレスを探し、2着注文する。

ドレスの次には、それに合う靴を探さなければいけなかった。

先輩ホステスたち（といっても29歳の私よりも年下の人が多いのだけれど）は、あり得ないほど長細いピンヒールを履いて、何事もないように優雅に歩いている。私には、曲芸にしか見えなかった。

さすがに、あんなピンヒールでは私の体重を支えることはできない。これもネット通販で、太めで低いヒールの無難なパンプスを買った。

安いネックレスやイヤリングなどの装飾品も一通り揃える。安いとは言ってもかなりの出費だ。これから頑張って生活費を切り詰めなければいけない。

さらに、メイク道具も一式揃えた。これまで私は、パウダーファンデーションと眉毛を描くアイブロウペンシルだけで、ほぼすっぴんともいえるナチュラルメイクを通してきたのだ。

コスメ雑誌を立ち読みしたり買ったりして研究し、鏡の前で四苦八苦する。特に生まれて初めての付けまつげには苦戦した。まぶたの変な場所に貼り付けては、はがすことを繰り返す。

私は、ホステスデビューの日まで、会社から帰ると毎晩、通販で届いたドレスを着、鏡に向かってメイクの練習をした。

最初は色の使い方がわからず、赤や青など原色の派手なピエロのような顔になって泣きたくなったけれど、次第に上達していった。

地味な顔が修正され、少し見られるようになると、私はちょっと嬉しくなった。忘れかけていた「女性」の部分が、久しぶりに刺激される感じがする。

ヘアメイクの特訓もした。

高級なクラブは、毎日の出勤前に美容院が義務付けられているところが多い。ヘアセットに毎日3000円くらいかけるのだ。

「クラブ幸」でももちろん美容院を奨励していた。しかし、強制ではなく、なかには自分で上手にセットしてくるホステスもいる。

貧乏な私はもちろん、自分でセットすることを選んだ。ヘアカタログなどを片手に、必死でセットの仕方を学んだ。

そして、いよいよホステスデビューの日。

17時の終業時間と同時に、私は会社を飛び出した。大急ぎで家に戻り、メイクを施し、髪をセットする。

電車に飛び乗って開店30分前にお店に入り、控え室でドレスに着替え、靴を履き替えた。

メイクをし、髪を結い上げ、慣れない水色のロングドレス——たとえそれがほかのホステスたちが着ているような高級ドレスに見劣りする安物でも——に身を包むと、なんだか心が浮き立ってくる。

ここ何年もお洒落《しゃれ》から縁遠い生活をしてきた私がこんな気持ちを味わうのは久しぶりだ。

「クラブ幸」は、銀座の中では、「中箱」と呼ばれるくらいの規模のようだった。

カウンターが5席、テーブルが8席。在籍のホステスは25名くらいで、常時出勤しているのが15名ちょっと。超高級クラブというよりは、ママを中心とした、アットホームなクラブという感じだ。

そんな店内のソファに座って開店を待っていると、現実が迫ってきて急に不安になった。

普段から人と話すのが得意じゃない私に、ホステスが勤まるんだろうか。お客様に失礼なことをしてしまわないだろうか……。

考えれば考えるほど緊張は高まってくる。

それを察したママが、私を裏に呼んだ。

「アマリちゃん、背筋を伸ばして座って、とにかくニコニコ相手の話を聞けば大丈夫だから。いいわね」

私は、緊張の面持ちで頷いた。

いっぺんには覚えられないと思ったのだろう、ママが私に、3つのルールを説明した。

①お客様のグラスが空いたらすぐに酒を作る。

②タバコの火はホステスがつけ、灰皿に4本たまったら交換。
③話のポイントではやや大げさにお客様を持ち上げる。
たったこれだけ。私は、この3つを何度も頭の中で反芻《はんすう》した。

そのうちに開店の時間となり、お客様を連れたホステスたちが次々に入店してきた。「あら、ターさんいらっしゃい」などとママは挨拶し、席に案内する。

ママの馴染み客などもふらっと現れ、ママは、お客様に最適なホステスたちを手際良く席につけていく。

「アマリちゃん、山崎さんの席にヘルプについて」

待機していた私の名がついに呼ばれた。

体が震える。

高級そうなスーツを優雅に着こなした、恰幅《かっぷく》の良い初老の男性と、そのお供のような中年の男性2名の席に私はついた。

「失礼します。アマリです。よろしくお願いします」

挨拶の声が震えたのに気付かれなかっただろうか。

彼らは、その席にすでに座っているホステスのお客様のようだった。

ホステスはそれぞれ、自分を「指名」してくれたり、「同伴」といって、待ち合わせをしてお店に同行してくれたりする自分の贔屓《ひいき》客を持っている。私はその「ヘルプ」というお手伝い的な立場だ。

一番端の席にちょこんと座ると、そのお客様の「係り」のホステスが今日入ったばかりの私をお客様に紹介してくれた。

けれど、明らかに美しいホステスたちの中で浮いた存在の私に、お客様は「何だ、このコ」という視線を投げ掛けた。思わず心の中で「ごめんなさい」とつぶやく。お客様はみんな紳士的で、私への不満をあからさまには口に出さず、終始和やかな雰囲気だった。

私は、ウーロン茶を飲みながら、とりあえずニコニコしてみんなの話の聞き役にまわった。

今の私ができることは、ママから教わった3つのルールだけだ。

空いたグラスは取り上げて表面の水滴をハンカチで拭き、お酒を作る。

お客様がタバコを取り出したら素早く自前のライターで火をつける。

話のポイントポイントで少し大げさにリアクションする。

グラス、灰皿、リアクション、グラス、灰皿、リアクション……頭の中で繰り返す。しかし、たったこれだけのことが、まったく上手《うま》くできない。私は焦った。お客様の話に気をとられているとグラスが空いたことに気付かない。気付いたとしても、手を伸ばそうとする一足も二足も先に先輩ホステスがお酒を作る。普段からどんくさいことにかけては定評のある私だから、タバコに火をつけるタイミングも、灰皿交換を要請するスピードも、到底、経験豊富な先輩ホステスたちに敵うわけがなかった。

彼女たちは、全方向に目がついているようだった。本当にあらゆるところに目を配り、気遣いができ、しかもそれが実にさり気ない。私はホステスたちを心から尊敬した。

残るはリアクションだけだ。

会話に余計な口を挟まず、その場の雰囲気をつかむことに集中する。

ジョークとユーモアで縁取られた、その時間を楽しむための会話。そのポイントになるところで笑ったり、合いの手を入れた。

すると、お客様は興に乗ってさらに話し続ける。私は、ほんの少し手ごたえを感じた。

初日の4時間、私は一体いくつの席に着いたのだろう。目が回る思いで1日を終えた。

私は控え室で着替え、「お疲れ様でした！」と挨拶をすると、店をあとにして終電に飛び乗る。

いつもの地味な服といかにも水商売の派手な髪型とメイクというちぐはぐな格好は、混み入った車内で結構目立った。私は「知り合いに見られませんように」と祈りながら、満員電車の人ごみにまぎれ、家路を急いだ。

ドアにもたれ、窓の外を飛び去っていく景色をぼうっと眺めながら、今日1日の出来事を反芻する。これまで経験したことのない、初めての驚きと発見がたくさんあった。

その夜は、体はぐったりと疲れていたけれど、頭が興奮していてなかなか寝付けなかった。

1ヶ月があっという間に過ぎた。

私の余命はあと11ヶ月。そのころになってようやく、私は店の様子を少し引いて見ることができるようになってきた。

ホステスたちの話を聞く中で、いろいろなことがわかった。銀座のこと、お店のこと、ホステスたちのこと、ママのこと。

この店を何十年も経営しているママは、ひょうひょうとしているが、どこか天然ボケで、中村玉緒さんのような可愛らしいキャラクターだった。

年齢は不詳だけれど、60歳近いのではないだろうか。その年代にしては、背もすらっと高い。ショートカットにいつも着物姿。なかでもお気に入りは白い着物のようで、ママのトレードマークとなっていた。

ママが昔ほかのクラブでホステスとして勤めていた時代からのお客様もまだ多くいる。もうみんなずいぶんな高齢者で、「年金割引でよろしく」「来年は来られないかもしれない」などと際どいジョークを言っては私たちを笑わせていた。

そんなお客様たちから、ママについてのいろいろな話を聞くことができた。

ママは、20歳前半という若さで銀座に自分の店を持ったそうだ。それは当時の銀座の最年少記録といわれたほどで、伝説の人物なのだという。

根拠がないと思われる噂もたくさんあった。子どもがいるらしいとか、若いときに奥さんのいる人と大恋愛をしたとか、女優を目指していたらしいとか……。

そして、いろいろと浮名を流したママは様々な恋愛を経て、今の旦那さんと巡り合ったそうだ。

そんなママを中心とした「クラブ幸」は、和気藹々《わきあいあい》としたアットホームな中箱でも、そこはやはり銀座のクラブだ。チャージが3万円。座っただけでこれだけ掛かるのだ。

けれどそんなことは意に介さず、お客様たちはバンバン高いボトルを注文する。飛び交う札束に、私は唖然《あぜん》とした。

私は、たくさんのお客様につくうちに、次第に3つのルールが実践できるようになってきていた。まだまだ、ほかのホステスの目配り、気配り、心配りには追いつけないけれど、なんとか場を全体的に見るように努めた。

そして、ひとつだけ特技ともいうべきものを見つけた。

それは、お客様との会話だった。

周りのホステスを見ていると、自分から話すのが得意な人もいる。でも、軽妙なリズムと駆け引きを必要とする会話テクニックは、根が口下手《くちべた》な私には難しい。

そこで私は、「聞き上手」になることに専念した。

お客様をよく観察し、場の雰囲気さえつかめば、「空気が読めないヤツ」にはならないだろう。

そして、ママの教えどおり、話のポイントではやや大げさにお客様を持ち上げる。

そのうち、コツがつかめてきた。

ポイントポイントというのは、ひとつの文章、つまりワンセンテンスが終わったところなのだ。文章でいうと「。」がつく場所だ。

「、」のつく場所では頷いたり、軽く相槌《あいづち》を打ったりし、「。」でやや大げさに褒《ほ》めたり持ち上げたりする。最初はおっかなびっくりだったけれど、この呼吸がわかるようになるとあとは楽だった。

持ち上げるときは徹底的に持ち上げる。

普段ならしないようなオーバーリアクションで「すごーい!」「カッコイイー!」「本当に素敵ですー!」と褒めちぎるのだ。

「ちょっとオーバーかな？」と思うくらいでも、お客様は喜んでくれるので、私は逆に驚いてしまうくらいだった。

一体私は、今までどれだけ人々に淡白なリアクションをしてきたのだろう？

私は自分でも気付かなかったけれど、どうやら、「褒め上手」という才能があったらしい。その能力が見事に開花し、私が座る席はいつも盛り上がるようになった。

美人でもない、スタイルも悪い、口下手と、なんの取り得もない私は、クビになるまいと、とにかく必死だった。

少しずつ、聞き上手、褒め上手で会話を盛り上げるという特技を身に付けていった私は、この店での存在意義を次第に認められていったのだった。

ホステスたち

余命はあと10ヶ月。

激しい夏の暑さも落ち着き、だんだんと秋めいてきている。ホステス稼業もなんとか軌道に乗ってきた。

いつもどおり、私はヘルプの席についた。

眉間《みけん》にしわを寄せ不機嫌そうな顔をしたその男性につくのは初めてだった。

「失礼します……」

私が挨拶をしようとすると、それを遮《さえぎ》って男性は怒鳴ったのだ。

「何だこのコは。ママ、ほかのホステスに替えてくれ！」

私はショックを受けた。

久しぶりに全人格を否定された気持ちになり、目の前が真っ暗になる。

どんなに頑張っても、私がこの世界で三流以下でしかないことぐらいわかっているつもりだった。けれど、お客様から言われるのは、とてもショックだった。

私は肩を落として待機席に戻った。

そのとき、「大丈夫？　気難しい人もいるからね。元気出して」と声を掛けてくれたのは、レイナさんだった。

この一件以来、レイナさんは、何かと私を構い、声を掛けてくれるようになった。

私よりも3歳年上のレイナさんは、お店の古株。存在感があり、水商売に慣れているため、初めてのお客様にチーママだと間違われることもしょっちゅうという女性だ。

私が入ったばかりのころは、見栄えが悪くホステスの経験もない私のことをレイナさんは嫌っているのではと感じていた。けれど、ここ1ヶ月、私が盛り上げ役として奮闘しているのを見て、見直してくれたようだった。

私がお客様に嫌なことを言われた日や、ママに怒られてしまった日などには、家に帰ってから「今日、大丈夫だった？」と電話やメールで必ずフォローしてくれるのだ。

そんなレイナさんの行動に、私は最初はびっくりして戸惑《とまど》った。ここまで自分を気に掛けてくれる人は今までいなかったから。

いつもならあまり人とかかわらず、特にお節介なタイプの人には心に壁を作ってしまい、「ちょっと鬱陶《うっとう》しいな」とすら思ってしまう私だったけれど、落ち込んでいるときのレイナさんの温かい慰めや励ましは、心から嬉しかった。

表面的ではなく、心から心配してくれていることが感じられるからかもしれない。

私は、そんなレイナさんに心を開いていった。

そうして、ホステスたちの中で自然に形成されていたいくつかのグループのうち、私は、レイナさんのグループに入る形となったのだった。

レイナさんは、まさにアネゴ肌といったタイプで、気に入った人間はとことん気に掛け、まるで大切な家族のように守ってくれる。

お客様には内緒だけれど、レイナさんには2歳と3歳の子どもがいて、女手ひとつで育てていた。

レイナさんもまた、母子家庭で育ったそうだ。水商売を営む母親は、すぐに男性に依存してしまう人で、お金と食料だけを置いて子どもを置き去りにし、何週間も帰ってこないという育児放棄もしょっちゅうだったという。

男性とのいざこざも絶えず、ある日、刃物を持った男が家に押し入ってきたこともあった、とレイナさんはあっけらかんと私たちに話した。

レイナさんが、まるで家族のような結束力の強いグループを作るのは、レイナさん自身が人一倍家族の絆を求めているからかもしれない、と私は思った。

こんな悲しい過去を持っていても、レイナさんは突き抜けた明るさを持っていた。常にテンションが高く、人を明るい気持ちにさせてくれる。

私はお店に恵まれていたのかもしれない。最初は、ホステス同士のいがみ合いや喧嘩などがあるんじゃないか、と勝手に想像していたのだけれど、「クラブ幸」ではそんなことはほとんどなかった。みんなが大の仲良し、というわけではなく、もちろんちょっとした派閥《はばつ》というかグループがあったけれど、それは学校でも職場でもそうだろうと思う。

総勢25名ほどのホステスは絶えず入れ替わっていた。年齢も勤務形態も人それぞれだったし、それぞれに複雑な事情を抱えているようだった。

私は「クラブ幸」をアットホームな雰囲気でいいな、と思っていたけれど、ホステスのなかには、お店の雰囲気に馴染めなかったり、「この店では望みの客をつかめないな」と感じて、ほかの店に移っていったりするようだ。

だから1ヶ月足らずという短い期間で辞めるホステスもいるけれど、逆に、10年も勤めているようなホステスもいる。

レイナさんに限らず、みんなこれまでの私の人生で知り合ったことのないようなタイプの人間ばかりだった。

レイナさんのグループの一員だったチカちゃんというホステスも、変わった女性だった。

スレンダーで顔立ちもキレイ。どこかお嬢様の雰囲気をまとっていた。それもそのはず、チカちゃんは実際に神戸のお嬢様なのだそうだ。

繊細でとても気を遣い、断らずにお酒をガンガン飲む。

そして、ものすごい読書家だった。私も本を読むほうだと思っていたけれど、チカちゃんの豊富な知識にはガツンとやられた感じがした。

当然人気があり、自分のお客様をたくさん持っていたし、ママもそんなチカちゃんをやっぱり気に入っていた。

ホステス仲間でも、チカちゃんを嫌う人は誰一人いなかった。

私は、チカちゃんのお客様が来店すればそのヘルプについたり、レイナさんのお客様にチカちゃんとつくこともあるので一緒の席になることが多かった。

チカちゃんは、場の空気を読むのも上手で知識が豊富なので、どんな話題にもついていくことができる。だから私は、困ったときには「ねえ、チカちゃん」と話をふった。

チカちゃんは、決して知ったかぶりをせず、知識をひけらかすこともなく、上手に話を引き継いでくれた。時には、知っていることでも知らないふりをして、お客様に花を持たせることもできる。

そんなチカちゃんと私は相性が良く、一緒にいると自然と場が盛り上がるので、とてもやりやすかった。

それにしても、チカちゃんの気の遣いっぷりには驚かされることが何度もあった。

たとえば、私がトイレに立って戻ってくると、「大丈夫？　おトイレ詰まってなかった？」などと心配そうに聞いてくる。

「そこまで気を遣わなくても……」と思うほどの心配性というか気遣い屋というか、そんな変わった女性だった。

そして彼女は、人の心をつかむのも上手だった。

ある日、常連客が、双子の男性2人を連れてきたことがあった。

その中年の一卵性双生児の2人はよく似ていて、私たちは「本当に似てる」「そっくり！」と口を揃えた。

けれど、チカちゃんだけが「全然似てないですね」と言ったのだ。

私たちは驚いたけれど、双子のお客様はとても嬉しそうだった。

双子というのは、常に2人1組として見られがちだ。「似ていない」と言われるのは、「それぞれが個性的」と認められるようで嬉しいのだ、とお客様は話した。

チカちゃんはそういったことを汲《く》み取ることができる感性の持ち主だった。

お嬢様だというチカちゃんが、なんで銀座のホステスとして働いているのか、私は常々不思議に思っていた。

レイナさんに聞くと、「演劇にのめり込んで親とは疎遠らしい」という。貯めたお金はすべて演劇に注《つ》ぎ込んでいるようだ。

お客様の多いチカちゃんは、かなりの稼ぎ頭だと思うのだけれど、プライベートではブランドバッグのひとつも持っていないようだった。しかも、8畳一間の小さなマンションで質素に暮らしているのだとか。

銀座の売れっ子ホステスなら、家賃が何10万円もするような豪華な高層マンションで暮らしている人も珍しくない。

でも、チカちゃんはそういったことにまったく興味がないらしい。まるで、演劇のためだけに生きているような人だった。

そんなチカちゃんが、ある日「私の舞台を観に来ない？」と誘ってくれたので、私は、休日の公演に行くことにした。

彼女ののめり込むものが一体どんなものなのか、観てみたかったのだ。

中野の小さな劇場で行われた公演で、チカちゃんは悪役を演じた。

いつもニコニコしている彼女は、舞台ではまったく違う顔になりきっていて、役に取り憑《つ》かれているといった感じだった。

私は、彼女の姿に感銘を受けた。

演技の上手、下手というのは私にはわからない。けれど、私は、何かにここまで集中できる人生を、心底うらやましいと感じたのだ。

「どうだった？」

公演が終わってすぐ、メイクを落として着替えたチカちゃんが、頬を上気させながら私に駆け寄ってきた。

私が「うん、すごく面白かった」と答えると、チカちゃんは満面の笑みを浮かべて「良かった」と言い、「このあとミーティングと打ち上げがあるから、またお店でね」と急いで楽屋に戻っていった。

私には何もない。やりたいことも好きなことも――。

走り去るチカちゃんの後ろ姿を見ながら、私は泣きたい気持ちになった。

ヌードモデル

余命は、９ヶ月。

「アマリちゃん、そのドレスすっごく太って見えるわね。もともと太いんだから、もっと痩せて見える服にしなくちゃ駄目よ。それから、靴も、もうちょっとヒールの高いのを履きなさい」

ある日、私はママに言われ、ずんと落ち込んだ。

ママにとって、ホステスたちは商品だ。ホステスたちが可愛い服を着ていると喜び、似合っていないとストレートに「似合ってないわ」と言う。

私は、そんなママに、あらゆることを教わった。

メイクに関しても「ファンデーションは上に上に塗りなさい。少しでも垂れないように」「口紅はもっと明るい色をつけなさい。そんな暗い色をつけたら、こっちまで暗くなっちゃうわ」など、母親にも教わったことがないような女の目線で物事をいろいろと指摘してくれた。ママ自身はいつも真っ赤な口紅をつけていた。

それから、「タバコに火をつけるときは、お客様が眩しくないように、もう片方の手を光避けに添えて、両手でつけなさい」「笑うときもガハハ、と口をあけて笑わないの。手を口もとに当てて、上品に笑いなさい」といった細かい仕草なども一から教えてもらった。

ほかのホステスは水商売歴が長いので自分のスタイルを持っていて、「ここのママはそう言うけどね……」とアドバイスを素直に聞くことができない人もいる。けれど、私はすべてが新鮮で、なんでもハイハイと素直に聞くことができた。だからママも、容姿も悪いしお酒も飲めない、およそ銀座のホステスっぽくない私でもなにかと世話を焼き、可愛がってくれたのだった。

(そうだ、新しいドレスと靴を買わなくちゃいけない……)

毎日のようにきれいな女性たちのファッションやメイクを近くで見てきた私は、

だんだんと目が肥えてきていた。だから、私のなけなしのお金で買ったドレスはセンスがいいとはいえないことがわかっていた。

確かに太って見え、高級感たっぷりのホステスたちの中で浮いている。あんまりにもみすぼらしい格好では、ママもいつか愛想を尽かして「アマリちゃん、もう明日からは来なくてもいいわ」と言われてしまうかもしれない。実際、様々な理由でママに見限られ、そう言われてクビを切られたホステスも何人かいた。

ママの口調は穏やかなのだけれど、有無を言わせない迫力がある。そう、ママは慈善事業をしているわけじゃない。経営者なのだ。

今後も銀座で働き、お金を貯めるためには、もう少し良い服を揃えなくちゃいけない。私は、今度もらうホステスの給料で、もうワンランク上のドレスを買おうと思っていた。

けれど、私は、なるべくお金を使いたくない。

ラスベガスで思い切り豪華に過ごすために、少しでも資金を増やしたかった。だけど、ホステスを続けていけるように自己投資もしなければいけない……。

私は、堂々巡りのジレンマに陥った。

そんなときに、メグミちゃんに声を掛けられた。

メグミちゃんは、チカちゃんの所属する小劇団の後輩。

彼女も、チカちゃんほど前のめりではないけれど、とても演劇に熱心で、いつどんな役が来ても良いように殺陣《たて》を習うなど、いろいろと勉強している女性だった。

女優さんというだけあって、手足が長くてスタイルが良く、目のパッチリとした美人。私よりも3歳年下の26歳だけれどレイナさんと同じくシングルマザーだという。生活のために夜は銀座のホステスをしているけれど、昼はダンススクールでダンスを教えているのだそうだ。

29年間をボーッと過ごしてきた私と違って、メグミちゃんも、レイナさんも、チカちゃんも、ほかのホステスもみんな、パワフルに逞《たくま》しく生きている。

アパートと会社の往復しかせず、ほかに寄り道もしなかった私には、本当にどれもこれも知らない世界だった。

さらに、メグミちゃんはもうひとつ「割のいいアルバイト」を掛け持ちしているのだと私に言った。

「割のいい」という文句に興味が湧《わ》く。

私は、「ラスベガスへ行くため」という理由は明かさなかったけれど、お金を貯めているということは、みんなわかっていた。

私だけでなく、ホステスはみんな、派手で豪華に暮らすため、子どもを育てるため、海外に留学するため、自分のお店を開くため……理由はまちまちだけれど、お金を稼ぐためにここで働いているのだから。

(まさか、違法なことじゃないでしょうね……)

訝《いぶか》しく思いながらも聞いたこの話が、私にまた新たな扉を開かせることになるとは、このときはまだ思いも寄らなかった。

「裸婦《らふ》モデルなの」

「裸婦……ヌードモデルってこと？」

「そう。美術学生たちの前とかで裸でポーズとるだけ」

一瞬、いかがわしい仕事なのかと思ったけれど、違った。

美術学校の生徒や美術系の予備校、絵画教室、個人の画家などのためのデッサンのモデルなのだという。

そういった美術系モデル専門のモデル事務所があり、そこに所属しているのだとメグミちゃんは話した。

「なかなか美味しいバイトよ。２時間1万円。アマリちゃんもやってみる？」

「無理無理無理無理！」

私は即座に否定した。

確かに、座っているだけで時給５０００円は魅力的だ。でも、それは無理だ。

「どうして？」

「だって……」

どうして？と素直な瞳で聞かれるとは思わなかった。だって、一度にたくさんの知らない人に一糸まとわぬ自分の姿を見られるというのは、誰だって抵抗感があるに決まっていると思っていた。

「恥ずかしいし……」

私が答えるとメグミちゃんは諭すように言った。

「来る人たちは何も女性の体を見たいわけじゃなくて、裸体をモチーフに、デッサンの技術を向上させたいだけなんだから」

それはそうなのかもしれない。けれど、メグミちゃんのようなナイスバディーならまだしも、このたるんだ体を人前にさらけ出すなんてできない。

「メグミちゃんみたいにスタイル良くないし……」

「あら、ヌードモデルっていうのは、意外とぽっちゃりした人のほうが人気があるのよ」

「えっ、本当に？」

意外な事実だった。モデルさんは、みんなスレンダーな人ばかりだと思い込んでいた。

「うん。アマリちゃんみたいな体型、結構需要があると思うけどな。それに、やってみると、結構楽しいよ」

メグミちゃんの屈託のない笑顔を見ていると、なんだか、抵抗感が薄れていく。それに、こんな私でも本当に必要とされるのか、知りたかった。思い切ってやってみようかという思いが湧いてきた。

「やってみようかな……」

「やってみる？」

私は躊躇《ちゅうちょ》したが、思い切って首を縦に振った。メグミちゃんはニコッと笑った。

「そう。わかった。じゃあ事務所紹介するね」

私はドキドキしながら「よろしくね」と言った。


初めてのヌードモデルの仕事は、その翌週の土曜日に決まった。私は、やってみると言ったものの、心の準備が出来上がらないままその当日を迎えた。

当たり前だけれど、明るい場所で、若い人たちが大勢集まる中で一人だけ裸になるなんていうシチュエーションになったこともないし、想像したことすらない。

両親はどう思うだろうか、と考えたとき、ずきん、と私の胸が痛んだ。

実家の狭い廊下を、父の車椅子を押して歩く母の姿が浮かぶ。

逃げるようにして家を出た娘が、銀座のホステスやヌードモデルをやっていると知ったら、母はともかく、生真面目な父は卒倒してしまうのではないだろうか。

悪いことをしているわけでは決してない。しかし、どこか後ろ暗い仕事をしているのだという気持ちがあった。

それでなくても、派遣社員として食うにも困るような生活をし、人生に絶望している私なんて、優秀な兄に比べれば、家族のお荷物でしかないだろう。憂鬱《ゆううつ》な足取りでカルチャーセンターへ向かう。

私は何度も帰ろうかと考えた。けれど、一度約束したことを破るのは抵抗がある。紹介してくれたメグミちゃんの顔に泥を塗るわけにはいかない。

足取りは重いけれど、目的地は着々と近付き、いつの間にか私の目の前にはカルチャーセンターの「クロッキー教室」と書かれたドアが迫っていた。

緊張したまま、私はしばらくそこに立ちすくむ。

（どうしよう）

あと一歩を踏み出す勇気が出ない。私は、心を奮い立たせるために、自分に活《かつ》を入れた。

（どうせ死ぬんだ。無駄な感傷や甘えは捨てよう）

今の私に必要なのは、お金だ。ただそこに佇《たたず》んでいるだけで1万円がもらえるのだ。

頭に、あのキラキラとしたラスベガスの風景を思い浮かべる。そこで派手に散財する自分の姿を描く。心が高揚する。なんでもできるような大胆な気持ちがむくむく湧いてきた。

私は、思い切ってドアを開けた。

そこには、懐かしい学校を思い出させる30畳ほどの空間が広がっていた。板張りの床に、机ではなく白いカンバスを載せたイーゼルが並んでいる。

その前に座ってスタンバイしている20人ほどの生徒たちの視線が、一斉に私に集中した。私は顔に血が上るのを感じて、教室の隣にある小さな控え室にそそくさと入った。

誰もいない控え室でえいやっと服を脱ぐ。事務所に言われたとおり、下着を着ずにゆったりとした服を着ていったので、体にはゴムの跡などはついていない。私は全裸のままそっと教室を窺《うかが》った。

教室に来ている生徒たちは、性別も年齢もまちまちだった。

カルチャーセンターだから、趣味で描いている人々なのだろう。みんな静かに待機している。いたって真剣な顔つきだ。にやついているような人は誰一人いない。

こちらがもじもじしていては失礼だと思わされるその真面目な雰囲気。まごまごしているほうが自分も周りも恥ずかしくなる、と咄嗟《とっさ》に思った。

その空気に押されるように、私は控え室を飛び出した。

「よろしくお願いします」

挨拶をして、生徒たちの囲む白い布のかかったお立ち台のような場所に座る。

そして、さも「慣れています」といわんばかりに、澄ました顔で、腕を頭の後ろで組み、腰をひねって背筋を反らせるポーズをとったのだ。

正直、自分でもこれほどの度胸があったことに驚いた。

つくづく、人生、土壇場になれば思わぬ力が湧いてくるものだ、と思う。

たとえば、高飛び込みで一瞬ひるんでしまえば、その瞬間に恐怖心に支配されて、もう絶対に飛び込んでしまえなくなる。とにかく最初の一瞬で度胸を決めないといけない、そんな感じだった。

お腹にはでっぷりとした脂肪がつき、アンダーヘアも丸出し。けれど、そんな私を、誰一人笑ったり、からかったりなどしなかった。

裸の女性がいて当たり前、というように、みんなカンバスに向かって黙々とデッサンをしている。

私はほっとした。

（そういえば、美術の教科書に載っていた西洋画の裸婦って、下半身が立派な女性が多いかも）

そんなことを考えながら、ただ動かないようにじっと座る。

数分すると最初のころの緊張も解け、（裸に慣れてしまえば楽勝だわ！）と余裕さえ感じていた。

しかし、私はまだまだこの仕事の本当の大変さを知らなかったのだ。

時間を計っている時計を見る。まだ10分……。だんだん体のあちこちが、だるくなってきた。上げた腕や反らした背中が痛い。

普段鍛えていないので、ただでさえ体力はない。同じポーズをとり続けることがいかに辛いか、私はこのときになってやっと知った。

モデルは一度ポーズを決めたら決して変えてはいけない。にらめっこをするように時計を見て、休憩時間まであと何秒、とカウントダウンをする。

（こんな複雑なポーズをとらなければよかった……）

後悔しても後の祭りだ。

最初の15分が終わって休憩の合図が出ると、私はすぐに手を下ろして楽な姿勢をとった。ずっと水にもぐらされ、やっと息ができたような感じだ。腕や背中が痛くてたまらない。

対象を素早く描くクロッキーなので、休憩をはさんで6ポーズとらなければいけなかった。私は、次のポーズからは極力疲れないものにした。

けれど、どんなポーズをとっても、15分間それを保つのは大変だ。体中がぷるぷると震えて素人だとバレてしまわないように努めて冷静を装わなければならなかった。汗をかきかき、修行のような2時間が終わった。

控え室に戻って再び服を着るときには、私の全身はガタガタだった。下着のホックをとめるために腕を後ろに回すこともできないほどだ。

(何事も甘くないな)

と思いながら、私はなんとか過酷なヌードモデルの洗礼を受けた1日を終えた。

アラフィフのカリスマ

メグミちゃんの言っていたことは本当だった。ぽっちゃり体型の私には、その後も続々と仕事の依頼が舞い込んだのだ。

毎週末、コンスタントに予定が入り、時には1日に複数のアトリエを掛け持ちすることも多くなっていった。これほどの売れっ子モデルになるとは、私自身、予想もしていないことだった。

けれど、嬉しかった。

(こんな私でも求められる場所があったんだ)と感じることができたからだ。

最初のような失敗はもうしない。私は、立ったり座ったり寝たり、いろいろなバリエーションのポーズをアパートの鏡の前でも練習し、長時間とっていても体に負担をかけない、かつ美しいポーズを研究した。

たくさんの真っ白なカンバスに、いろいろな私が描かれていく。

私は、モデルを終えると、それらを見せてもらった。

みんな、技術があり巧みな作品。けれど、なんとも不思議なもので、描かれた私は、どれもこれも違う姿をしていた。

マリア様のようにおだやかな表情の私、生きるのがしんどいといったほどに陰鬱《いんうつ》な私、何かを強く責め立てているような険しい顔をした私……。

同じ時間に同じ格好、同じ表情の私を見ているのに、みんなの描くデッサンがこれほどまでに違うことに驚かされた。どれも、私のようで私ではない。

私は、「自分がイメージしている私」と「他人が感じる私」は同じものではないんだ、と改めて認識した。

どちらかといえばネガティブ思考の私は、（どうして誰も理解してくれないんだろう）と落ち込むことが多かった。けれど、彼らの作品を見るうちに、思うこと、感じることは十人十色、人の数だけ違うのだということを知ったのだった。

だから、自分と同じことを感じてもらおう、わかってもらおうというのは無理だし、傲慢《ごうまん》なことなのかもしれない。

人は、本当の意味で人を完全に理解することなんてできないし、簡単に理解されるような浅い人間なんてつまらないのかもしれないなあ、と私は思うようになっていった。


余命8ヶ月。ヌードモデルを始めて、1ヶ月ほどが過ぎた。

私は、一人ではなく、ダブルポーズを依頼されるようにもなっていた。これは、2人1組でモデルを務める仕事だ。男女が組むときもあれば同性同士が組むときもある。そんな仕事で一緒になったことのある同じ事務所に所属する女性から、私はこんな噂を聞いた。

「40代後半の主婦だけど、すごいカリスマ的なモデルさんがいるんだって」

脱いだ瞬間に、大物の絵描きさんすらも虜《とりこ》にするという伝説のヌードモデルなのだそうだ。私は、とても会ってみたくなった。

モデル業の参考にしたいという思いもあったけれど、どんな人なのかとても興味があったのだ。

肉体美のピークである20代前半の女性ではなく、40代後半という年齢にしてカリスマと言わしめる彼女が、どんな美しいスタイルを維持しているのか知りたかった。私は事務所に「勉強のため」と頼み込んで、なんとかデッサンの場に参加させてもらうことになった。

ところが当日、彼女が「よろしくお願いします」と爽やかに挨拶をして入ってきたとき、私は（この人が伝説のモデルさん……？）と訝しく思った。

さぞかし若くてきれいな人なんだろうと思っていたその女性は、いわゆる普通の、どこにでもいる主婦だったのだ。特別きれいな顔立ちでもなく、私が言うのもなんだけれどスタイルも並みだし、特別なエロスも感じない。

腰紐《ひも》をきゅっと縛《しば》った薄手のガウンのようなものを着た彼女は、指定位置に歩み寄って水の入ったペットボトルやタオルを置いたりと準備を始めた。

私は、モデルをするときにはいつもすぐに脱げるようなダボダボとしたバスローブのような服を着て、本番がスタートする直前に更衣室でそれを脱いで登場した。

私だけでなく、ほとんどのモデルがそういう手順を踏むようだ。事務所でもそう教えられた。

人々の前で全裸になるのに抵抗がなくなってはいても、やっぱり、目の前で服を脱ぐという行為には、なにかしら恥ずかしさが付きまとうのだ。ストリップのような感じがするからだろうか。

けれど彼女は、時間になると腰紐を解いてその場ですっと全裸になった。ものすごく自然に、その場に溶け込むように。

その瞬間、私は度胸と美しさを感じ、圧倒されてしまった。誰も声を出さなかったけれど、教室のムードが一変したのがわかった。

オーラがある人というのは、こういう人のことを言うのだろうか。体は、もちろんモデルとして管理されているものだったけれど、やはり引き締まった20代の裸体に比べたら40代の緩さが見られる。でも、それがまた良いのだった。描き手の感性によって、どうとでも描かせてくれる許容の広さのようなものを感じる。

「自分を見て！」と強く主張してくるのではなく、「私はひとつの物体であり、素材だ」と悟っているかのような佇《たたず》まいは「どんなふうに料理しよう」と描き手のモチベーションを高めてくれた。

実際、生徒たちが描き出したのは、少女のような作品から老婆のようなものまで幅広かった。どれも、元の彼女からは程遠かったけれど、この作品を生み出す素材は彼女でなければならないのだった。

それに、美しい曲線を描く彼女の姿勢は、とてもハイレベルだった。

実際にアパートに帰ってから真似してみたのだけれど、見た目の美しさとは裏腹に、あらゆる部分の筋肉を使う過酷なポーズだったのだ。

しかもその日は、長時間同じ姿勢を続ける固定ポーズだった。彼女は休憩をはさんでも、再び寸分違わないポーズに戻ることができた。

デッサン時間が終了すると、彼女は「ありがとうございました！」と、入ってきたときと同じように爽やかな笑顔で丁寧に挨拶した。生徒たちも、自然と笑顔になり、挨拶を返している。彼女の溌剌《はつらつ》とした明るさが、周りに伝播《でんぱ》するようだった。

私は、その立ち居振る舞いに魅了された。

(なんてカッコイイ女性なんだろう！)

アラフォーどころかアラフィフという年齢でも、こんなに格好良い女性になれるのかと感銘を受けた。

ヌードモデルの真髄《しんずい》を見たと共に、美しさ、格好良さというのは、年齢でも、外見でもないんだということを、私は思い知らされた。

ハードワーク

余命7ヶ月。

いつの間にか秋が過ぎ、本格的な冬に突入していた。

平日の昼間は派遣社員、夜は銀座のホステスで帰宅するのは夜の1時過ぎ。さらに週末はデッサンのモデルとして、あちこちのアトリエをまわるという状態で3つの仕事を掛け持ちし、休みなく働いていた私は、移り行く季節にも気付かないほどだった。

睡眠時間はいつも4時間程度。やることもなくだらだらと過ごしていた日々が嘘のようなハードな生活だ。

体は辛かったけれど、精神的には充実していた。昔から根気がなく体力も並み以下だった私が、こんなに頑張ることができるなんて、ちょっと信じられない。

でも、忙しければ忙しいほどアドレナリンが分泌されてハイになった。

それに、忙しくしていれば、難しいことは何も考えなくて済むし、孤独から逃れることもできたのだ。

私は、仕事以外にもやることがたくさんあった。

まず、ラスベガスやギャンブルについてとことん調べなければいけなかった。ラスベガスに関係する本やカジノについて書かれた本を貪《むさぼ》るように読み、また、安いネットカフェに行って最新の情報を調べたりもした。

また、ラスベガス旅行のために英語の勉強を始めた。そして、トランプを常に持ち歩き、カジノゲームの研究と練習に明け暮れた。

平日で唯一銀座のバイトが休みの日や、移動時間などのわずかな空き時間を使ってそれらを勉強した。

少しでも節約したい私は、図書館を利用した。

ラスベガスで使う実用的な会話を覚えるためにトラベル英会話の参考書などを借

りたり、館内のAVコーナーでリスニング用のCDやビデオなどを使って勉強することができたのでとっても重宝した。

平日には退社後に会社に一番近い図書館に駆け込み、休日のヌードモデルの仕事が早く終わるときにはアパートの近所の図書館に通った。

さらに、派遣先で推奨している比較的簡単に取得できる資格の勉強もした。資格があれば時給が上がるからだ。ラスベガスの資金を、なるべく多く貯めたかった。

こんな生活をしていた私は、当然いつもフラフラな状態だったけれど、昼の仕事も完璧にこなしていた。欠勤はもちろん遅刻すら一度もすることはなかった。

というのも、私は、昼の世界が夜の世界に侵食されるのを恐れていたからだ。

夜の世界は魅力的でアクが強く、人生のすべてを引き込んでしまうような魔力がある。

実際、始めは昼間の仕事と並行して働いていたけれど、そのうち、夜の仕事一本に絞っていくホステスは大勢いた。

まるで、まだ大丈夫、まだ大丈夫と漕ぎ出していくうちに、大海原に飲み込まれ、二度と岸には戻れなくなってしまった小舟のように。

しかし、私はそれを避けたかった。

並外れた美貌も才能もない私が、ずっと夜の世界でやっていけるわけがないことは、よくわかっている。あくまでも、ホステス業は1年だけのアルバイトだ。

昼の仕事だけはきちんとこなすことが、私にとって夜の世界へ引き込まれないためのストッパーとなっていた。

私は昼と夜では、まったくの別人だった。

夜の銀座ではめいっぱいお洒落をしたけれど、その反面、会社では周囲の視線など気にならない。常に寝不足なので、メイクをする時間があれば寝ていたかったし、起きたばかりでは目が腫《は》れていてコンタクトレンズも入らなかったので、ノーメイクに眼鏡、ボサボサの髪を後ろで1本に束ねた姿で出勤した。

データ入力というデスクワークが中心の私の仕事は、そもそもお洒落をする必要もなかった。

お昼休みには大急ぎで食事をし、ほかの社員と交わることなく女子専用の休憩室で仮眠をとった。

午後には頬に絨毯《じゅうたん》の跡がべっとりとついたままの私の顔を、社員たちは目を真ん丸にして見ていたけれど、私はそんな人目もはばからずに席に戻り、粛々と仕事をこなした。

データ入力は、真面目にやれば定時までに終わる仕事だ。でも、月末だけは大忙しだった。入力する量も普段の倍くらいになり、私の前任者はいつも2時間ほど残業をしていたそうだ。

私は、お店に遅刻していくわけにはいかないので、何としてでも時間内にそれを終わらせなければならない。

いつも以上にわき目もふらず、頬に絨毯の跡をつけたまま、まるで何かに取り憑かれたかのようにキーボードを叩く私は、鬼気迫る形相に違いない。

でも、見た目などどうでもいい。とにかく仕事を早く終わらせたい一心で、私は猛烈なスピードで仕事を片付けた。しかも、あり得ないほど集中しているために、ミスもほとんどない。

だから、私が残業を避けていた真相など知るわけもない周囲の人々は、私を「かなり個性的（？）だけれど、仕事の出来る派遣社員」と評価してくれていたのだった。

余命6ヶ月。

ハードワークな日々を続けて半年ほどが過ぎた。

「クラブ幸」のママが、私を見て今さら気が付いたかのように驚いて言った。

「あら、アマリちゃん、ずいぶんとキレイになったわね」

この短期間で、私はかなり痩せていた。こんな過密なスケジュールをこなしていれば、体重が落ちるのも当たり前だった。

それは私自身ももちろん感じていた。服のサイズがＬＬからＭへと2つもダウンしたのだ。

量ってみると、なんと20キロほども体重が減っていた。まだスリムとまではいかず、53キロの少しぽっちゃり体型だったけれど、私は、やっと人並みに戻れたという気持ちでいっぱいだった。

最初に言った言葉を、ママは忘れてはいなかった。

「じゃあ、約束どおり、日給を1万円にしてあげる。よく頑張ったわね」

嬉しかった。これで、1ヶ月16万円のお給料となり、貯金も増える。ラスベガスでの豪遊という夢に一歩近付くことができた、と私は実感した。

さらに、その副産物として、意外なものが付いてきた。

目に見えるように、お客様からのお誘いが増えてきたのだ。

まだ一人前の銀座のホステス並みとはいかないまでも、私を気に入り、指名してくれる人の存在というのは、本当に嬉しいものだった。

ホステスは、自分のお客様と開店前に、ご飯を食べてからお店に同行する「同伴」や、お店が終わったあとに食事をしたり別のクラブへ遊びに行ったりという「アフター」などに付き合うことも多い。けれど、平日は派遣社員として働いている私には、どちらも難しい。

それに「クラブ幸」ではノルマがあるわけでもなく、指名や同伴が給料に反映されるということもないので、お金を貯めることに必死の私にとっては時間の無駄とも思っていた。

だから、有り難いとは思いながらも、なんだかんだと理由をつけてすべて断り続けていた。それなのに……。

私は、ある男性との出会いを機に、忘れていた女としての喜びを取り戻しはじめていた。

疑似恋愛と誘惑…

ホステスとお客様が男女の駆け引きを楽しむクラブは、あくまでも疑似恋愛の場だ。その場限りの恋愛を紳士・淑女的に楽しむ場所だ。

深入りはタブー。もちろん「クラブ幸」もそうだった。

けれど、そこは男と女。つい親密な関係になってしまい、実際、客として出入りしていた男性の愛人となってしまうホステスたちもいる。

こんなにアットホームな「クラブ幸」も、やはり色々なことがあるものだ。

過去には、危険な男や駄目な男と関わり、突然店からいなくなったホステスもいたらしい。

「その人ね、男の借金払うために、自分から風呂に行ったらしいよ」

レイナさんからそんな話を聞かされても私はピンとこない。

「風呂？　どうして？　ああ……家賃を切り詰めるために、風呂なしのアパートに移ったってこと？」

そんな私に、レイナさんが、吹き出す。

「やだ、もう、アマリちゃんって、何も知らないのね。風呂っていったら、あれよ、フ・ウ・ゾ・ク」

ネオンが輝く夜の世界は魅力的だが、同時にそれは目をくらませる危険な光でもあるのだった。

(気をつけよう……。私はもう二度と男では人生を狂わせたくない)

私は25歳の大失恋を思い出して誓った。

そんなある夜、常連客の紹介で来店した男性を見て、私の心臓は飛び上がった。

イケメンなその男性は、なんと、私がまさに派遣社員として働いている会社の社長だったのだ。こんな偶然があるだろうか。

自ら会社を興した社長はまだ40代前半で見た目もハンサム、妻子があっても、常に女性社員たちの憧れの的だった。

私はといえば、「あんな〝勝ち組〟人生の人もいるんだなあ」と、遠くから、別世界の人として眺めるだけだったのだけれど、まさにその人が、現れたのだった。

「それじゃ、アマリちゃん、あそこの席にヘルプについて」

とママに言われて、私はまたどきりとした。

気付かれないかと冷や冷やしながら社長の隣の席につく。

けれど、それはいらぬ心配だろう。飛ぶ鳥を落とす勢いで成長する企業の社長が、冴えない派遣社員の顔なんて、いちいち覚えているはずがない。万が一、覚えていたとしても、ボサボサ頭のすっぴん社員と華やかな銀座のホステスが彼の頭の中で結びつくとは思えない。

やはりそのとおりで、実際、社長は私になどちっとも気付かなかった。ほっとしたような、寂しいような気分になる。

社長はそんな私の複雑な心情など知るはずもなく、時折やんちゃざかりの少年のごとく、笑い、ホステスを喜ばせていた。

いつの間にか、もっと知りたい、もっと話がしたいと思わせる、ホステスをも虜にしてしまうタイプの男。社長は、仕事ができるだけでなく、プライベートでも魅力的なんだ、と私は思った。

そんなオフタイムの特別な一面に触れていることに、私は妙な優越感を感じる。

楽しい時間はあっという間に過ぎるもので、すぐに閉店時間になった。私は少し名残惜《なごりお》しいような気持ちになる。

そんな思いが通じたのだろうか？　社長が私にささやいた。

「アフターに誘ってもいい？」

私は少しうろたえた。

(もしかして、気に入られた？)

心臓が大きな音を立てている。

いや、単に隣に私が座っていたから気軽に誘ってみたのだろう。勘違いして傷つくのは自分だ。

「ごめんなさい、明日が早いので……」

「明日？　昼間も働いてるの。すごいね」

「まあ……」

（あなたの会社でね……）と心の中でつぶやき、少しおかしな気分になる。

社長は諦めずに言った。

「そっか。それじゃあ、仕方ない。いや……なんだかさ、君がずいぶん聞き上手だから、話し足りない気分になっちゃったみたいで。自分でも珍しいこと言ってみたけど、やっぱり振られたな」

そう口説かれて、私の心がぐらついた。

去る男を素直に追ってしまうだめな癖。

「じゃあ、オリビア……クラブオリビアなら」

そう言ったとたん、自分がものすごく失礼なことを言ったことに気がついた。

クラブオリビアといったら、銀座の中でも最高級クラスのお店だ。著名人がお忍びで利用しているという噂で、ホステスも厳選された美女揃いだと聞く。

少なくとも、私など面接すら受け付けてもらえないような一流クラブだ。だからこそ、私にとって憧れの場所だった。銀座で最高峰といわれるその店に、かなうことなら、一度行ってみたいと思っていた。だから、咄嗟にその店名が口を突いてしまったのだった。

もちろん一見《いちげん》では入れない「クラブオリビア」には、さすがに、社長も行ったことなどないだろう。つまり、私の発言は銀座で社長の顔に泥を塗ったようなものなのだ。

「クラブオリビア？」

意表をつかれたのか、それとも驚いたのか、単にあきれているのかわからないけれど、社長は無表情にそう言った。

「すみません、ホステスとして他店を覗くのはいい勉強になるかなと思ってつい……あの、気にしないでください。冗談ですから」

深く考えず、あっさりと早く断ってほしいと思った。

しかし、社長は少し黙り込み、それからおもむろに言った。

「顔ってわけじゃないけれど、何度か、お得意さんに連れて行ってもらったことがある。そうだな、誘ったのは僕のほうだし、いいよ、オリビア、行こうじゃないか」

こうして私の初めてのアフター体験は、とんとん拍子に決まってしまったのだ。

煌々《こうこう》とネオンが点る銀座の街を、いつもなら、駅に向かって猛ダッシュをしているころだけれど、今日はほかの店を目指して歩いている。昼よりも明るい街は、冬だというのに、たくさんの人でにぎわっていた。

「クラブオリビア」は、「クラブ幸」のある雑居ビルの中に入っているこぢんまりとしたクラブとは比べものにならないくらい広い、いわゆる「大箱」だ。

白を基調とした爽やかな店内は、ゴージャスというよりもシックな感じだった。あちらこちらに大きな生花が、壁には絵画が飾られていて、グランドピアノの生演奏が流れている。ママが3名、ホステスが常時40名ほどいるようだ。私のように自前で髪をセットしているような手抜きホステスなどいない。

私は、ウーロン茶を飲みながら、ここぞとばかりに観察しまくった。

テーブルについた2名のホステスは、そんな私を困惑気味で扱う。銀座のクラブに女性客の姿は滅多にないからだ。

「かわいいお嬢様ですね」

ホステスは、社長に探りを入れたりするが、社長も社長だ、「そうでしょ？　口説いてもなかなか落ちなくてね」と私に対する社交辞令で流すだけ。愉快だといわんばかりに、私の正体を明かそうとはしない。

銀座のホステスにしては地味すぎる、社長の彼女というわけでもなさそうだ。まして は娘さんなどでは……。一体この女はなんなの？

そんな心の声が聞こえてくるようだ。

そんな感じで、興味津々で店内を観察しまくる私とホステスたちとでは、終始かみあわない雰囲気だった。

よく銀座の一流ホステスは日経新聞を読んでいるという噂を聞いたりもするので、どんなにか高尚な会話が交わされるのだろうかと期待していたのだけれど、結局そんなこともなく、私の初めてのアフターは終わった。

ただ、お値段だけはやっぱり高級クラブだった。お会計のときにそっと覗いてしまったのだけれど、「クラブ幸」の3倍くらいはするのだ。

こんなに高いお金を払わなくても、「クラブ幸」ならお客様をもっと楽しませることができる。私はそう思ってしまった。ただ「高級」というブランドだけで行きたがるお客様もいるのかもしれない。「高級」って一体なんだろう……。

「どうだった？　君が見てみたいという一流クラブは」

店を出て、社長が訊いた。

私は正直に答えた。

「私の中で『一流』に期待するものが大きすぎたのか……それほど驚くことはありませんでした。ただ、『幸』よりずっとコーティングにはお金がかけられてます。ホステスさんもきれいでした。でも、これが一流かと問われれば……」

「僕もそう思うよ」

社長は私に向かって微笑んだ。

「なんでもそうだけれど、一流とか、高級とか、そういう言葉には気をつけないとね。本質を見えづらくしてしまうから。だからこそ、経験を通じて自分のものさしを持つっていうのはとても大事なことなんだ。それは君を人の評価から解放してくれて、生きることを楽にもしてくれると思う」

「ものさし……」

少なくともそれは、6畳一間のアパートにこもっているだけの生活では得ることのできないものだ、と私は思った。

そして——奇跡が起きた。

どうやら私はイケメン社長のお気に入りとなったらしい。

その後も、「聞き上手のアマリさん、今日も1杯分だけ、話に付き合ってもらってもいいかな？」と、社長は私をアフターに誘うようになった。

場所は、オリビアのようなクラブではなく、密談あるいは、わけありな男女の密会に似合いそうな老舗の隠れ家的なバーなど。

どこに行っても私は飲めないのでウーロン茶だったけれど、そんなところも社長としては目新しく、面白いようだった。

当然、社長が私の素性を知りたがるときもあった。

「昼間はOL？　どんな会社で働いてるの？」と。

その都度、私ははぐらかした。しかし、それがまた社長の好奇心をくすぐっていたらしい。

あるとき、「アマリちゃんはまるでシンデレラだな」と言った。

「昼間はどこで何をしているかもわからない」

おかしかった。それならば、私を変身させた魔女は、「幸」のママなのだろうか。

何度か顔を合わせるうちに、私も惹かれるようになっていたのだと思う。

会社では目も合わせてもらえないほど遠い存在の男の、意外な脆《もろ》さや無邪気さに「アマリ」のときだけは触れることができた。魑魅魍魎《ちみもうりょう》と渡り合う実業家から聞く生《なま》の人生論は、死にかけた私の魂を刺激した。

でも、関係はそれだけ。男女の発展はなし。「1杯だけなら」という私の言葉を尊重するかのように、グラスが空になると、「気をつけてね」と言いながら、社長はいつもそっとタクシー代を握らせてくれた。

(もしも誘われたらどうしよう?)

社長との別れ際、私は心のどこかで期待しつつ、さっぱりとした別れにほっとする。その繰り返し。けれど、期待する部分は確実に大きくなっていたように思う。久しぶりの感覚だった。

私は、25歳のときの彼と別れてから、ずっと女を捨ててきたのだ。太ってしまったことでもう女として終わったと思っていた。

だから、ただ目をかけてもらっている、その事実だけで身に沁《し》みた。

ときどき、「愛人」という言葉が頭に浮かんだ。

男に左右されるような人生はこりごりなはずなのに、「それもいいかな」なんて考えてしまう自分が怖かった。

シンデレラの結末

余命5ヶ月。

いつものようにアフターで社長の「1杯だけ」にお付き合いした翌日、私は、これもいつものとおり寝不足のすっぴんで出社した。

ところが、なんだかいつもと様子が違う。社員の女性たちがなぜか私を注目しているような気がするのだ。

「えーまさか、あり得ない」

「じゃあ、本人に聞いてみる?」

そんな言葉が聞こえてくる。嫌な予感がして、私はひやりとした。

そしてその予感は当たった。私は、トイレで社員らから呼び止められたのだ。

「昨日、銀座にいたよね？」

やっぱり——いきなり核心をつかれて、私は頭から水をかけられたような気分になった。

なんで、あんなところにうちの社員がいたのだろう。彼女も誰かに連れられて銀座に飲みに来ていたのだろうか……。

けれど、そんなことを尋ね返すわけにもいかない。私は、内心の動揺を押し隠して、無表情にしらを切った。

「まさか。見間違いじゃないですか？」

「そお？　うちの社長と歩いてなかった？　同じコートだったし、絶対そうだと思って……」

女の勘は本当に鋭い。髪をセットして濃いメイクをしていても、やっぱり見抜かれてしまうのだ。その光景を思い出そうとする彼女の思考を遮《さえぎ》るように、私は慌てて言った。

「量販店の安いコートだから、誰でも着てますよ」

「そっか……そうだよね、そんなわけないよね」

彼女は納得したように頷き「変なこと聞いてごめんね」と席に戻っていった。彼女だってもともと半信半疑だったに違いない。だって、ど近眼眼鏡に髪はぼさぼさ、ほぼすっぴんの派遣社員が、まるでおとぎ話、そう、シンデレラのように夜だけ着飾ってイケメン社長なんかと一緒にいるはずなどないのだから。

彼女たちの疑いはなんとか晴れた。けれど今度は、違う心配が頭をもたげた。

(もし、この噂が社長の耳に入ったら……?)

再びぞくっとする。

今は何も気付いていない社長だけれど、その噂を確かめるために私のことをじっくりと見ればすぐにわかるはずだ。私が夜の銀座の「アマリ」だと。

もしもバレたら、私はきっとこの会社を解雇される。

この会社で派遣社員は、仕事の掛け持ちは禁止されていなかった。けれど、世間的には「水商売」をしているということは、やはり歓迎されることではない。

社長だって、あらぬ噂は立てられたくないに違いない。あからさまにクビということはなくても、次の契約は確実に更新してもらえないだろう。

いや、それだけではなかった。

本当は、社長にとっての「シンデレラ」で居続けたかったのだ。本当の私を知ったら、きっとがっかりするに違いない。

それからは、仕事が手につかなくなった。1日中、呼び出しがないかとビクビクして過ごす。

私は、親にも同僚にも言えない仕事をしているんだ、と初めて強く感じた。

もちろん、悪いことをしているわけではない。それは働いている自分が一番よく知っている。けれど、世間の目はそうは見てくれないことも知っていた。

私は、ちょっと調子に乗って深入りしすぎていたようだ。もう彼とはアフターに行くまい、私はそう心に決めた。

そんな私の決心を知らない社長は、いつもどおり私をアフターに誘ってくれる。社長の誘いを断るには、口実が必要だった。「あなたとは、もうアフターに行きません」とはっきり言うわけにもいかないからだ。後ろ髪を引かれる思いを振り切るように、ほかのお客様の誘いを受けるようになっていった。

「今日はほかのお誘いが入っていて……」

そう言うと、社長は「そうか、残念だけど、それじゃ仕方ないね」と少し淋しそうに笑い、その笑顔は私の胸を締め付けた。

(今度は、深入りをしてはいけない)

私はアフターの相手に、孫と祖父ほど年の離れた年配の男性客などを選んだり、若い男性の場合は、ほかのホステスたちを交えたりするようになった。

彼らは、実にいろいろな場所を知っていた。

最初は、社長の誘いを断るための口実でしかなかったのだけれど、これまで代わり映えのしない毎日を過ごし、新しい経験も新しい出会いもしてこなかった反動か、乾ききったスポンジのような私の好奇心はあらゆるものを吸収したくなった。

あるとき、「競馬を観に行くかい？　馬主席に入れてあげるよ」という、大会社の会長に誘われた。

私は、それまで競馬場に行ったことがなかったばかりか、競馬自体に興味がなかったので、テレビ中継をじっくりと観たことすらなかった。

私の競馬のイメージは、赤鉛筆を耳に挟み、競馬新聞を片手に叫ぶおじさんたちの集まる場所、といったた、偏ったものだった。

「女が行ってもいいんですか？」

私が聞くと会長は、

「もちろん、最近は女性も増えてるんだよ。それに、馬主席はまったくの特別さ」

と不敵に笑った。その笑顔に、私の好奇心はうずいた。セレブの社交場である馬主席とは一体どういうところか、興味があった。馬主とは関係の無い人物が馬主席に入るには、馬主に招待してもらう以外にないという。

私のホステス生活はたったの1年だ。行きたければ、チャンスは今しかない。休みの日までお客様と会うのはどうかと思っていたけれど、その日はちょうど、ヌードモデルの仕事もなかった。だから、私は好奇心に負けてその誘いを受けたのだった。

思えば、私の素人っぽさが会長たちに受け入れられたようだ。

ほかの売れっ子ホステスたちは様々な経験を積んできているため、並大抵のことでは驚かないし、心を動かされない。けれど、私の何も知らないＯＬ的な世間知らずさが、会長たちの「教えてあげたい」欲をくすぐったのだろう。

私の褒め上手も、そこからきているのかもしれない。私の「えー、本当ですか⁉

すごい！」という言葉には、無知がゆえの本物の驚嘆が含まれている。それが伝わるからこそ、お客様は気分良く、持ち上げられるのではないだろうか。

「クラブ幸」のママもそうだったと思う。私に一からホステスの心得、女の心得を教えてくれ、素直に何でも吸収する私を可愛がってくれていたのも、私が何も知らない素人だからこそだったのだろう。

受け付けを済ませ、女性に案内されてエレベーターで上がっていくと、馬主専用のエントランスがあった。クロークに手荷物を預けた私たちは、まるでホテルのラウンジのようなスペースで一服する。

馬主フロアには、ドレスコードがあり、男性はジャケットを羽織っているかスーツ姿の人が多く、女性は着物やドレスなどで着飾っている人も見られた。

私もこの機会にと、水色のエレガントなワンピースを買った。いずれ、ラスベガスに行くときにはきちんとした服を持っていかなければいけないと思っていたので、ちょうど良かった。

お目当ての馬が出走するまで、レストランで食事をすることにした。メニューはランチセットやカレー、ビーフカツなど一般的なもので、味も特別に美味しいわけでもなかったけれど、店内には大きな馬のオブジェなどが飾られ、高級感が漂っていた。

会長に教えられて馬券を買い、喧騒《けんそう》に包まれている一般席とは隔離された大きなガラス張りの観覧席に座る。

（すごい……）

映画館のように広く清潔な観覧席には2人がけの席がいくつも並んでいる。すべての席に小さなモニターがついていて、ほかの競馬場で行われているレースやそのオッズなどを観ることができた。

初めて本格的な競馬をする私には、裏で開催されているレースまでチェックする余裕はなかったけれど、会長や周りの人々は、それらを観て楽しんでいるようだった。

招待いただいた馬主の馬が出走するということで、いよいよパドックに降りる。目の前に颯爽《さっそう》と登場した馬たちの姿に、私は目を奪われた。引き締まった筋肉質な肢体、風になびく艶やかな毛、優しげだが出走前の緊張感の漲《みなぎ》る瞳……。私は馬の美しさを初めて知り、惚れ惚れと見とれてしまう。

レースがスタートした。場内には歓声が飛び交った。馬がゴール前の直線の坂を駆け上がってくるころには、馬主席も一般席も歓声の嵐。私も夢中になって応援した。興奮の渦に巻き込まれながら、私は、ラスベガスに行こうと決めたときのあの高揚感を思い出していた。

残念ながら馬主の馬は負けた。1番から3番人気が全滅するという大波乱のレースだった。

しかし、その着順が決まったそのとき、会長が大きな声をあげた。

「アマリちゃん、勝った、勝ったよ！」

なんと、私が勘で適当に買った馬券が的中したのだ。万馬券だった。

たったの1000円で購入した私の馬券は、あっという間に10万円に化けた。ビギナーズラックに賭けて私と同じ券を面白半分に買った会長は、さらに大金を手にしていた。

大喜びの会長に、私は言った。

「アマリモノには福があるんですよ」

これはきっと、ラスベガスの予行演習だ。私はそう思いたかった。本番では、一体、どんな結末になるのだろう。

それ以来、会長は私のことを「幸運の女神」と読んで、お店に来るときは指名してくれたし、いろいろな場所に連れて行ってくれた。

運転手つきのベンツで送ってもらったり、高級外車の代名詞であるリンカーンに乗せてもらったりといった体験もした。

昼の世界では想像もできないようなことが、夜の銀座では現実だった。自分だけの力では叶えることのできるはずもない経験ばかりだった。

けれど、この、豪華なセレブの世界に引きずり込まれて道を見失うことはなかった。

私の目標は、ラスベガスだ。今はそれまでの余命なのだ。

派手に遊んでいても、いつもどこかに、「これはちょっとした寄り道なんだ。自分が居るべき場所はここじゃない」という気持ちが私にはあった。

同窓会

余命4ヶ月。

1通の葉書が届いた。

「同窓会のお知らせ」

女子高時代の同窓会の通知状だった。

卒業してもう10年以上がたつ。これまでも、何度か通知状はきていたのだけれど、一度も出席したことがなかった。

仲の良い友だちもいないし、会いたい先生もいない。行っても楽しいとは思えないだろう。それに、太って醜くなってからは気後れしてしまっていた。

私はペンをとり、欠席に丸をつけようとした。しかし、そこでふと思いとどまった。

（ここで会わなければ、もう一生会うことはないんだ……）

思い残すことがないように死にたかった。一度くらい出席してみるのも悪くないかもしれない。それに、私はもう太っていない。

私は、また1着、ラスベガスでも使えるようなよそ行きのスーツを買った。靴はお店で履いているそれほど派手じゃない白いパンプスにした。

当日、会場のホテルに着いた私は、知っている顔を探して入り口辺りで、きょろきょろとする。示し合わせて一緒に来るような友人は、私にはいなかった。

すると、後ろから声を掛けられた。

「あれ？　葉山さんじゃない？　久しぶり！」

振り返ると、元クラスメイトがいた。顔を合わせるのは卒業以来だ。

「今まで同窓会、来てなかったでしょう。どうしてるかって、みんなで噂してたのよ」

私以外のクラスメイトたちは、何度か参加し、旧交をあたためていたようだ。世の中には、私のように縁が簡単に切れてしまうタイプの人間もいれば、縁を大事に紡ぎ続ける人間もいる。

彼女に促されるようにして私は会場の中へ入っていった。

たくさんの人数がいる。クラスは約40人だったけれど、そのうちの30人くらいは集まっているだろうか。なかには名前を思い出せない人さえいた。

まず思ったことは、みんなずいぶん色あせたなということだ。

毎晩、美しく着飾った銀座のホステスたちを見ているせいかもしれない。お店のホステスは、30代後半でも、もっともっときれいで溌剌としている。

「うそ？　葉山さん？　別人かと思った。なんていうか、すごく、キレイになったよね」

私を見て開口一番、そんな風に驚いた人もいた。

元来、女とは褒められるのが好きな生き物だけれど、やはりいい気分だった。けれど、それも次の質問で一気に真逆の気分となる。

「ねぇ、今、何やってるの？」

「派遣社員よ」

正直に答えた。けれど、とたんに聞いた相手は、やや同情したような顔になった。

「そうなんだー、派遣社員も今は大変だっていうよね。うちの旦那の会社もさー、ずいぶん切ったみたいよ」

みじめな気分だった。どうやら、進学校を卒業したクラスメイトたちにとって派遣社員は気の毒な存在らしい。

その後は、育児にかかる費用、学費、住宅ローンなどの話でもちきりとなった。ついていけない。もちろん、独身だっていたけれど、みんな、聞くまでもなく、名の知れた企業の正社員。

(来るんじゃなかった)

うなだれるようにして私は立食の料理に向かった。

ローストビーフやブルスケッタなどを皿に載せてうろうろする。すると、夜景の見下ろせる窓際に、ハイネケンを手に威風堂々と一人の女性が立っていた。覚えていた。三上美奈子だ。

高校時代はどちらかといえば一匹狼のタイプ。けれど孤立していたというわけではなく、誰とも群れることなく離れることなく程良い距離感を保っていた。

ショートカットにグレーのパンツスーツの爽やかないでたちで同窓会に参加した彼女は、昔とまったく変わっていない。

長い手足とぴんと張った背筋のせいかもしれないけれど、威風堂々とした雰囲気はあのころから纏っていたものだ。その佇まいからは、相変わらず、「私は私」というた何か、強い意志を感じる。

美奈子は私を見つけると、にっこりと笑いかけた。

「葉山さんでしょ？　久しぶり」

「久しぶり、三上さんだよね」

私が挨拶を返すと、彼女は手にしたハイネケンをゴクリと飲んで言った。

「なんか、子育ての話とか、ついていけなくて」

「わかる。三上さんは子どもいないの？」

「うん、結婚もまだ。葉山さんは？」

「同じく」

私たちは顔を見合わせて苦笑いした。

「私、まだまだしばらく仕事一本でいきたいんだ」

そう言う美奈子の仕事は、広告代理店の社員という。その代理店の名前は、私でも知っているような有名な会社だった。けれど彼女は、いつかイラストレーターとして独立したいのだ、と話してくれた。

「この年で今さら?って思うし、周りには、この時代に安定した会社辞めるなんて無謀だよって、言われるけど、どうしても夢を諦められなくて。やりたいことやらないと、人生、絶対後悔すると思うんだ」

美奈子は力強く言う。

私は、30代を目前にした同世代の女性たちは、結婚して安定していくばかりだと勝手に思っていたし、安定できない自分は世間から置いてきぼりにされていると思い込んでいた。けれど、そうじゃない人もいる。世間に流されず、自分の生き方を貫く人もいるのだ。

こんなふうに闘う人もいるのだと知って、私の口から、素直な気持ちがこぼれた。

「格好いいね」

「え? そうかな、ありがとう」

美奈子は、照れたように笑った。

いつの間にか、彼女のパッションが乗り移って、私まで胸が熱くなっていた。そしてふと、ラスベガスのことを話してみたくなった。

美奈子ならわかってくれるかもしれない。もし、笑われても、変に思われても、これっきり会うこともないのだ。

私は、彼女に、ホステスをしていること、そして貯めたお金は、ラスベガスへ行き派手に使い果たすのだということを正直に話した。

すると、私の予想どおり、彼女は真剣に耳を傾けてくれた。そして、

「すごいよ！　それ！　誰にだってできることじゃない。あたし、応援するよ！」

と面白がってくれたのだ。

ほんの少し、肩の重荷が下りたような気がした。

「でも、どうしてラスベガスに？」

美奈子の問いに、私は考えた。私は死ぬつもりなのだ……そんなことを、十数年ぶりに会ったクラスメイトからいきなり聞かされたら、私だったら引いてしまう。だから、私はぼかして言った。

「自分の未来を占おうと思って……」

「そっか」

美奈子は、遠まわしな私の表現に何かを察したようだった。

「ときどき、自分の人生が見えなくなることってあるよね。そんな感じ？」

「三上さんにもあるの？」

「あるよー、すっごいある。これでいいのかなって、めちゃくちゃ迷うこと。思い切った行動でしかぶち破れないときってあるよね」

そう言って笑った美奈子を見て、私は、彼女に話して良かったと思った。ずっと、誰かに聞いてほしかったのだ。

ラスベガスという夢のおかげで、それまで一人ぼっちだった私に、秘密を、思いを共有できる仲間ができたのだった。

六本木の老婆

その日から、私と美奈子はたびたび会うようになった。

待ち合わせ場所はいつも六本木だった。私の夜の職場である銀座と美奈子の会社のちょうど中間地点にある繁華街だからだ。

週末が近づくと、私はお店が終わったあと、美奈子は仕事が一段落したあとに落ち合った。2人で色々なバーを開拓して、美奈子は酒を、私はノンアルコールの安いドリンクを飲み歩いた。

これまで友人と夜遊びをしたことがなかった私は、その楽しさを知って次第にはまっていった。

美奈子の仕事は本当に忙しく、徹夜作業になることもしばしばのようだった。攻めの姿勢で、がむしゃらに仕事をしている彼女を、私はやっぱり格好いいと思った。

「憂さ晴らしに飲まなきゃ、やってらんないの」美奈子はそう言って笑った。

私は、こんなストレスの発散の仕方があったのだと、初めて知った。

週末に、朝まで飲み明かし、翌日は、ほぼ徹夜の状態でヌードモデルの仕事のアトリエに向かったりした。

美奈子といると、疲れていてもなぜか元気になれた。パワーがありあまっていた。

私たちはもう29歳、だけどまだ29歳だったのだ。


銀座は、割と飲食店の閉店時間が早い。19時から24時くらいまではクラブやバーのネオンが星の数ほど瞬いているけれど、終電の時間が終わると、街は落ち着きを取り戻す。

しかし、六本木は違った。終電が過ぎてからがこの街の真骨頂とでもいうように、人は続々と増え、街は活気にあふれていく。人々のざわめきは日が昇るまで街全体を包み込んでいる。まさに眠らない街だった。

まさか自分が夜の銀座で働き、六本木で朝まで遊ぶ生活を送るなんて、1年前の私なら想像もつかなかっただろう。人生、変われば変わるものだ。

夜遊びデビューが遅かった私は、色々な店を知りたくて、たくさんの店を開拓した。どの店でも、私たちはいつも安いドリンクをちびちびと飲んでいた。私はラスベガスで豪遊するための資金、美奈子はフリーランスとして独立するための資金を貯めていたから、極力無駄遣いはしたくなかった。それでも、私は十分に楽しかった。

そんな私たちをなぜか気に入り、盛大に飲ませてくれた人がいる。それは、一人の老婆だった。

10代から20代が集まる若者向けの小さなバーで、その老婆は一人で飲んでいた。六本木で遊ぶような小ぎれいな年配マダムというのではなく、野暮ったい毛玉のついた茶色のセーターにボサボサの白髪頭の老婆は、明らかに場違いだった。私たちは、申し訳ないが、ちょっと惚けてしまった老人が徘徊しているのかと思い、その光景にびっくりしてしまった。

しかし、ときおりバーテンダーに話し掛ける様子を見ていると、口は悪いが言うことはしっかりしているし、かなり酔っ払ってはいるけれど、このあたりで飲みなれているようだ。どうやら痴呆《ちほう》老人というわけではなさそうだった。

彼女はしばらく一人で飲んでいた。週末のバーはたくさんの若者で賑わっていたが、誰も老婆の連れはいないようだった。

私は、一人ぼっちの老婆にものすごく興味が湧いた。何をして、どういう生活をしているのか知りたかった。カウンターの隣の席に座り、思い切って声を掛けてみた。

「こんばんは。お隣、いいですか？」

老婆は私に振り向いた。

「一人でいらしてるんですか？」

老婆が「そうだよ」と頷いたので、「このお店にはよく来るんですか？」と続けて聞いてみた。

「まあ、ここだけじゃないけどね」

「すごい。六本木に詳しいんですね」

私が銀座のクラブで培《つちか》った話術で持ち上げると、老婆は笑顔を見せた。話し相手ができて嬉しいようだった。

ひとしきり一方的に話して気が済んだのか、老婆は、バーテンに注文した。

「あんた、この姉ちゃんたちに何か飲ませてやって。あんたたちもちびちびやってないで、パーッと飲みなさいよ、若いんだから！」

私たちは、「いえ、結構です」と辞退した。どう見ても景気が良さそうには見えない老人から奢《おご》ってもらうなんて申し訳ない。

すると老婆は「いいから」と言いながらショルダーバッグに手を入れ、何かを無造作に取り出した。バーテンダーに差し出したそれは一万円札だった。

なんと老婆はバッグに直接お金を入れているようだ。私たちは目を丸くした。

しかし、バーテンダーは慣れているのか驚く様子もなく、「何を飲みますか？」と私たちに尋ねた。

（奢ってもらっちゃっていいのかな……）

迷ったけれど、結局ご相伴《しょうばん》にあずかることにして、カンパリソーダとコーラを頼み、老婆と乾杯した。

キャッシュ・オン・デリバリーのそのバーで3杯ほど奢ってもらった後、私たちは、老婆に引っ張られるようにして次の店に連れて行かれた。

「いらっしゃいませ」

迎えてくれたのは、たくさんの男性スタッフだ。案内されて席に座ると、前や隣にそのスタッフたちが座ってきたので驚いた。

そこは、銀座のクラブのようにスタッフが同席して接客する、サパー・クラブという形態の店だった。ホストクラブのライト版といった感じだ。彼らの接客態度は畏《かしこ》まったものではなく、親しい友人のようなフランクなものだった。私は、接客を仕事としていたけれど、逆にこんなふうに男性から接客を受けた経験がなかったので、とても興味深かった。

老婆は、そこでも顔を知られているようで、ドリンクなどをねだられるままにバンバン注文していた。

「ドンペリ頼んでいいっすか？」

「いいよ。2本入れな」

ドン・ペリニヨンというシャンパンは「クラブ幸」にも置いてある。ブランデーやウイスキー、焼酎のボトルなどをキープしている常連客が多いのでそれほど多くは出ないが、うちの店では白で7万円、ロゼで15万円くらいもする高級シャンパンだ。このお店での設定価格はわからないが、安いものではないことは確かだ。

（このお婆さん……）と思ったとたん、店のスタッフが全員私たちの席の周りに集まってきた。そして、マイクを持ったスタッフが大きな掛け声をかけ、スタッフ全員がそれに合わせてコールを始める。

高価なシャンパンを入れてくれたお客様に感謝の意を表する、盛大なシャンパンコールというマイクパフォーマンスだ。

その派手な演出に、私は目がちかちかした。美奈子はあまりの馬鹿騒ぎに笑っている。

老婆は、その後も豪勢なフルーツの盛り合わせなどのフードもどんどん頼む。自分はそれほど飲んだり食べたりせず、周りの人々に飲ませ、遊ばせるのが好きなようだった。

老婆は、この店だけでは飽き足らず、私たちを連れて何軒もはしごした。大きなバー、穴場のレストラン、クラブのＶＩＰ《ビップ》ルーム……。

とにかく楽しければいい、ノリが良ければいい、という狂乱の宴を、私たちはせっかくなので堪能した。

六本木駅 乃木坂駅
Roppongi Sta. Nogizaka Sta.
ノースタワー
North Tower
メトロハット/ハリウッドプラザ
Metro Hat / Hollywood Plaza
66プラザ
66 Plaza
ウェストウォーク
West Walk
ヒルサイド
Hillside
シネマ
Cinema

余命は3ヶ月。

私たちは、最初に会った店で老婆とよく顔を合わせるようになった。

どうやら私たちのことを気に入ってくれたらしい老婆は、私たちの姿を見つけると、「アマリ、美奈子、こっちに来な」とそばに招き、奢ってくれた。そんな彼女のことを、私たちも「ママ」と呼んで懐《なつ》いた。

「ママ」はいつもベロベロに酔っ払っていて、常に違う若い男性たちをはべらせていた。最初に会ったときに一人だったのは偶然だったようで、普段は誰かしらを捕まえて飲ませているらしい。あの日は、私たちが一番最初の獲物になったというわけだ。

「ママ」に集められた彼らは、例のサパーや、メンズパブなどで働いている男性だったり、私たちのようにどこかの店で出会った若者や外国人のようだった。

大人数で飲めや歌えの大騒ぎをするのが「ママ」のお気に入りだった。バーのVIPルームに招き入れられると、そんな男女がたむろしていて、私たちと一緒に大騒ぎした。

しかし、何度会って話しても、「ママ」の素性は明らかにならなかった。自分のことについては、あまり話したがらないのだ。一度だけ、独り言のように「あたしにも娘がいたんだけどね……」と言っていたことを覚えている。家族を失くし、一人ぼっちらしい。

「ママ」は私たちを娘に見立てていたのかもしれなかった。

「ママ」は私たちを連れてあちこちの店を飲み歩き、金を惜しまず、下品に、豪快に遊んだ。

毎週末になると現れて豪遊する「ママ」と私と美奈子は、いつしか六本木では有名になっていた。3人は、金持ちの母とその娘たちと周囲に思われていたようだった。私たちもその噂を否定せず、親子ごっこを楽しんだ。

「ママ」についてわかることは、とにかく金持ちということだ。

「六本木のあちこちに不動産を持っている」という評判だったが、自分で事業を興したのか、それとももともと金持ちの娘なのか、昔から六本木で遊んでいたのか、それとも最近になって来はじめたのか、そういったことは一切私たちにもわからなかった。

一緒に飲むたびに、「ママ」は「面倒だからあんたたち、そっから金払って」とあのショルダーバッグを私たちに無造作に預ける。

初めてそのバッグを開いたとき、私は思わず小さな声をあげた。

「わ、こんなに……！」

中にはカードと札束がどっさりと入っていたのだ。

隣に座る「ママ」が、面白くなさそうに吐き捨てた。

「紙切れだよ。そんなもん、いくらあったって、幸せになんかなれやしないんだ」

金をばら撒いてどんちゃん騒ぎをしていても、「ママ」はいつもどこかつまらなそうだった。「ママ」にとっては単なる暇つぶし。けれど、その暇つぶしを続けていかないと退屈で退屈で生きていけないとでもいうかのように。

彼女の心には埋めても埋めても永遠に埋まらない、大きな穴が空いているのかもしれない、と私は思った。

私たちは、「ママ」の本名も正体も何ひとつ知らなかったけれど、せめて一緒に飲んでいる間は、彼女の空虚な心を埋められればいいと、めいっぱい飲んで歌って踊って、真剣に騒いだ。

国籍、年齢、性別、肩書を超えて

余命２ヶ月。

私たちはそんなお祭りのような日々の中で様々な人と出会い、会話をした。若者からかなり年配の人もいたし、多くの大使館のある六本木という場所柄、外国の人々も多かった。アジア系、ヨーロッパ系、アフリカ系、白人も黒人も黄色人種も、とにかくいろいろな人と知り合った。

仲良くなった彼らに連れられて、踊りに行くこともしばしばあった。安いクラブなら、ドリンク１杯５００円でいつまでもいることができる。体を動かすことがいかにストレス発散になるかを初めて体感した。

六本木に集まる外国人と聞くと、遊び呆《ほう》けて、ドラッグに溺れているような不良外国人が頭に浮かぶ人も多いかもしれない。

この場所で遊ぶ前の私も、何も知らずに勝手にそういうイメージを持っていた。けれど、実際に会ってみるとそんな人ばかりではなく、国境を超えて家族と離れて暮らし、真面目に労働している外国人も多いのだった。

普段、私たちは自分の夢や目標についてなど、気恥ずかしくて大々的に語ったりしない。けれど、出会った外国人たちは、よく「私の夢は……なの」「将来は……をやりたいんだ」と熱い目をして語った。そして、そのための下積みをこの日本で懸命にしているのだった。

最初は、人と違うことを恐れずに、堂々と意見を言う彼らに驚いた。けれど、そんな彼らと交流するうちに、「アマリの夢は何？」と聞かれると、素直に自分の気持ちを打ち明けることができるようになっていた。

「夢と言えるかわからないけど、ラスベガスに行って、カジノで人生の全てを賭けた勝負がしたいの」

そう言うと、みんなまず「オオー」と驚き、「それは素敵な夢ね！」「そんな無謀なことやめたほうがいいよ！」と口々に意見をしてくれる。

私は、賛成派の意見も反対派の意見も興味深く聞いた。

「ギャンブルなんて野蛮だよ！」

と言うのは、ギャンブルはタブーであるイスラム教徒のイラン人男性。

「いいね！　夢があるわ！」

と美奈子と同じように喜んでくれたのは、アメリカンドリームを信じるアメリカ人の女性。

「ラスベガスはいいね。僕も1回行ったことがあるよ」

と言うイギリス人の男性には、私の知っている情報が正しいのか、その真偽を根掘り葉掘り尋ね、逆に「アマリはまだ行ったことがないのによく知ってるね！」と驚かれた。

そう、私は、ラスベガスに関する書物を読み漁《あさ》りすぎて、すでに行ったことのある人よりも詳しくなってしまっていた。ラスベガスに関するガイドブックを読んで旅行をしている気持ちになり、有名なプロのギャンブラーが書いた本を読んでバーチャルなカジノの興奮に包まれる。そうやって、「決戦の日」のイメージトレーニングを繰り返していたのだった。

英語圏の人々には、代わりに日本語を教えるという約束で、私が独学で勉強している英語の練習台になってもらった。実践的な英会話を学びたい私にとって、彼らはとても心強い先生だった。

そんなある日、一緒に遊ぶようになったイタリア人の男性が、私の夢を聞いてこう言ってくれた。

「とてもユニークな発想だね。アマリらしいよ」

「本当？　私らしい？」

「ああ、アマリは勇敢なチャレンジャーだ」

そうなのだろうか。私は勇敢なチャレンジャーだろうか。

人が知っている私は、私の知っている自分じゃない。私は、ヌードモデルをしている中で感じたことを思い出した。じゃあ、私の知っている私は本当の自分なんだろうか。「自分らしさ」とは何なのだろう。以前の私と今の私は変わったのだろうか。

私はそんなことを考えるようになった。

あるとき、スタイル抜群の一人のロシア人女性と仲良くなった。バストとヒップの大きさ、そしてウエストのくびれ、どれをとっても日本人女性が敵うものではない。美人というよりもキュートな顔立ちで、その迫力の体と顔のギャップがまた魅力的だ。おまけに人懐っこい彼女に、私はとても好感を持った。

彼女も、ロシアに家族を残して日本に出稼ぎに来ているという。職業はストリップダンサーだ。日本ではターニャと名乗っていた。

ターニャはダンサーという仕事に誇りを持っていて、いつも、いかに美しく見せるか、客を楽しませるかについて、つたない日本語で私たちに語ってくれた。

そんな彼女が「一度観においでよ。タダで入れてあげるから」と誘ってくれたので、私は、お店が終わったあと、深夜の1時ごろに美奈子と落ち合い、興味津々でショークラブに向かった。

私たちが裏口付近でうろうろしていると、ターニャが「こっちこっち」と手招きした。従業員入り口から劇場内にこっそりと入れてもらう。「ママ」がいないときの私たちは、極力お金を使わずに遊ぶ工夫をしている。それを知っているターニャも協力してくれたのだ。

「ここで見てて」

ターニャはそう言い、私たちにドリンクを渡して店の奥へと消えた。

店内は、想像していたようないかがわしさはなく、客層は若いビジネスマン風の男性たちのグループが多かった。女性の姿もちらほらと見える。みんな、かぶりつきでダンサーを見るというよりも、お酒を飲むついでの余興としてダンスを眺める、といった感じだ。

たくさんの外国人ダンサーが入り乱れる中、ターニャが登場した。

下着姿のターニャは、ポールにつかまり華麗に舞い踊る。いわゆるポールダンスだ。くるくると回転したり、片手で体を支えたり、足でポールをつかんで逆さまになったりと、アクロバティックなダンスが続く。信じられない身体能力だ。毎日一生懸命練習しているターニャの姿が目に浮かんだ。

ダイナミックでキレのある動きだけれど、長い手足の指先一本一本にまで神経が行き届いている。全身からセクシーなオーラがあふれ、ターニャはキラキラと輝いて見えた。

妖艶なダンスの途中で、ターニャは上を脱いでトップレスになった。美しいバストが露《あらわ》になり、私は思わず見とれてしまう。

ステージから降りたターニャの前に、チップが差し出された。それを受け取ったターニャは、お礼にその男性の顔を両バストで挟み込む。セクシーなサービスに、男性のグループが沸いた。

そのとき、ターニャがこちらを向いた。にやりといたずらな笑みを浮かべて私たちのほうに向かってくる。

(まさか……)

そう思ったとたん、ターニャは、その豊満なバストで私の顔を挟み込んだのだ。

「きゃああ！」

これまで味わったことのない感覚に思わず叫ぶと、周りの人々が笑った。「いいなあ」と呑気に羨ましがる美奈子にもバストサービスをすると、ターニャはキュートな笑顔を残してステージに去っていった。

私は、形の良いターニャのヒップをうっとりと眺めた。

仲良くなった外国人の一人に、インド人の男性・シャームもいた。20代半ばの彼は、宮廷インド料理レストランの厨房で働いていて、

「クローズしたあとにお店においで」

と誘ってくれた。

インドでは有名ホテルで修業していたけれど、この店ではまだ下働きのシャームは、オーナーやシェフが帰ったあと、一人で店の片付けなどを任されていた。だから、その時間に内緒で料理を振舞ってくれるというのだ。

シャッターを閉めてクローズドの看板を掛け、カーテンを閉め切って、灯りを外に漏らさないようにした店内にシャームは私たちを招待した。

「アマリ、美奈子、僕のレストランへようこそ」

そう言って、シャームは、その日あまった食材で作った、彼のオリジナル料理を何品もテーブルに並べた。

インド料理だけでなく、和食や西洋料理も学びたい、と言っていたシャームが作ってくれたのは、様々な国の料理からインスピレーションを受けた多国籍の創作料

理だった。残り食材といっても高級レストランだ。味はもちろん最高。私たちの箸は止まらなかった。

「シャーム、おいしいよ」

「一流シェフ顔負けだね」なんて大げさに褒めると、シャームは照れながらも嬉しそうだ。

もちろん、こんな勝手なことをしているとバレたら、シャームは即刻クビだろう。けれど彼は、夢のために金を節約している私たちに共感してくれていた。それに、普段お店で作ることのできないような料理を作りたい、そして私たちに食べてもらい感想を聞くことで、料理の腕を上げたいという意図もあったのだろう。

そんな、シャームが私のためにしてくれたことがもうひとつある。カジノのための練習相手だ。

私は、29歳最後の日、一夜の勝負に賭けるゲームを決めていた。それは「ブラックジャック」ただひとつ。

このトランプゲームは、ポーカーやバカラと並んでとてもポピュラーなので、多くの人が知っていると思う。私も、ずいぶん昔に家族とプレイした記憶があった。

カードを配るディーラー一人とプレイヤーが、数枚のカードを合計した数字で戦うゲーム。たとえプレイヤーが複数いても、プレイヤー同士では勝負せず、あくまでも対ディーラーと戦うという形式だ。

ルールは単純明快。配られるカードの数字を足していき、限りなく21に近いほうが勝つ。21を超えてしまったら「バースト」、その時点で負け。

カードは、2から10まではそのままの数字、11（J＝ジャック）、12（Q＝クイーン）、13（K＝キング）の3枚の絵札は全部「10」と数え、1（A＝エース）は、「1」か「11」のどちらか自分の都合の良いほうに数えることができる。つまり、「10」のカードが圧倒的に多いことになる。ここが勝負の要《かなめ》だ。

このカードが最初に2枚ずつ配られる。それを見て、プレイヤー側はもう1枚追加したいときには「ヒット」、カードを追加せず、この2枚だけで勝負するときは「スタンド」を選択する。たとえば、「7」と「8」が配られた場合、合計は「15」。この数で勝負するか、もう1枚カードを追加するかは自分が決めるのだ。バーストさえしなければ何枚でもカードを追加することができる。

ちなみに、ディーラー側のカードは1枚だけ表向きになっている状態（フェイスアップ）で配られ、プレイヤーは、その1枚をヒントに「ヒット」か「スタンド」を選択するのだ。

一方、ディーラー側には選択の余地がなく、2枚の合計数が「16」以下のときには自動的にもう1枚引き、「17」以上のときには自動的にそこでスタンドになる。バーストを避けながらも、いかにディーラーより高い数字を作るかを競うゲームなのだ。

私がプレイしたことがあるのは、本当に小さなころだ。なんとなくルールを覚えた程度だった。だから、ラスベガスに行くと決めてから、徹底的に一人で勉強していたのだった。

私は豪勢に遊び、ぱーっと散財するためにラスベガスに行く。けれど、ただ金をばら撒くように一発で使い切ってしまい、にしたくはなかった。それなら、どこかそのへんの川に金をばら撒くのと同じだ。

カジノでは、真剣に勝負に挑みたかった。全力を出し切らなければ、きっと悔いが残るだろう。また死ぬことを躊躇《ため》《ら》ってしまいそうだった。だから私は、とことんカジノについて研究した。

祖国でも友人たちとよくカードゲームで遊んでいたというシャームは、最適な練習相手だった。

ブラックジャックをプレイした経験のない美奈子も、簡単なルール説明をすると、すぐにできるようになった。なにしろ、ブラックジャックは単純なのだ。判断しなければいけないことは、カードをもらうかもらわないか、それだけ。あとは掛け金をいくらにするかという問題もあるけれど、そこはゲームとは別のギャンブルの部分だ。

これまで一人で練習したり、近所のネットカフェに行ってネットゲームで特訓していたけれど、2人が協力してくれるおかげで、いよいよ実践的な練習ができるようになった。

「よしっ、ブラックジャック！　親の総取り〜」

ディーラー役を務めてくれている美奈子が嬉しそうにチップを回収する。

ゲーム自体の名前となっている「ブラックジャック」は、Aと10もしくは絵札の2枚だけで「21」になった場合のことを言う。とてもきれいで破壊力のあるこの手札が揃った瞬間はぐっとくる。チップも1・5倍だ。

この場合は無条件に勝ち。相手が同じようにブラックジャックの手札だった場合だけ引き分けとなるけれど、両者ともにブラックジャックということは、なかなかない。

私と同じくプレイヤー役を務めてくれているシャームが言う。

「ブラックジャックは、単純だけど奥が深いよね。アマリが好きなのもわかるな」

「うん。でも、私が選んだ理由はそれだけじゃないのよ」

私は、一世一代の勝負に、面白いから、楽しいから、という理由だけでこのゲームを選んだのではなかった。それは――。

「唯一、運任せじゃないゲームだから」

「運任せじゃない？」

私の言葉に、美奈子が不思議そうに尋ねる。

「そう。うまく計算していけば、唯一勝てるゲームだって言われてるの」

カジノのほとんどのゲームは、長期的に見た場合、必ずカジノ側が有利になるようにできている。けれど、このブラックジャックだけは違う。プレイヤー側の選択肢が多く、計算を駆使すれば、プレイヤー側を有利に近づけることができるのだ。

なので、基本戦略に則ってプレイすれば、勝率は上がるというわけだ。

このゲームで最もやってはいけないこと、それは「バースト」だ。合計数が「21」を超えたその瞬間、無条件に負けになり勝率は0パーセントとなってしまう。欲張って「もう1枚足せば21にもっと近付くかも……」と思ってしまうのが人情だけれど、それでバーストしてしまったら元も子もない。

でも、そのリスクはディーラーもまったく同じ。つまり、自分がバーストしにくく、ディーラーがバーストしやすい場面を、確率から導き出せばいいのだ。

ここまで説明すると、美奈子は目を丸くした。

「へー、なるほどね」

2人は、私が説明しながら開いた基本戦略の一覧表を覗き込む。そこには、統計学に基づいて、ディーラーのフェイスアップカードの数と、自分の手の数、そしてそのときに取る最良の戦略が書かれている。

トランプゲームに限らずギャンブルは統計学が関係してくるということを知っているシャームも、この表を初めて見たようで興味深そうな顔をしている。

当然、カジノでこんな表を見ながらプレイできるわけがないので、私はこの表を完璧に覚えて、即座に戦略を導き出さなければいけない。

戦略は、スタンドとヒット以外にも、ダブルダウン、スプリットなどがある。

ダブルダウンというのは、最初の2枚のカードを見て「これはイケるな」と思ったら掛け金（ベット）を倍に増やすことができるというルールだ。その代わり、ダブルダウン宣言をしたあとは、たったの1枚しか引くことができないというリスクがある。

そして、スプリット。これは、最初の2枚が偶然同じ数字のカードだった場合、初めにベットしたチップと同額のチップを追加すれば、カードを2つに分けてそれぞれプレイすることができる。つまり、いっぺんに2つの勝負ができるというわけだ。

美奈子と交代してディーラー役になったシャームが、あることに気付いて私に指摘した。

「あれ、アマリ、戦略間違ってるんじゃない？」

さすが、数学の国・インド出身。もう基本戦略を頭に叩き込んだようだ。

シャームの言うとおり、私の手の合計数が13、ディーラーのフェイスアップカードが2、基本戦略では「スタンド」しなければいけないところで、私は「ヒット」のサインを出したのだ。

「危ないよ、アマリ、バーストするよ」

けれど、私はしゃらっと言った。

「これでいいのよ」

シャームが渋々もう1枚カードを私に配る。結果は、5のスモールカードが出て、合計18。バーストを免れて、ディーラーにも勝った。

「すごいね、ラッキーだったよ、アマリ」

そう笑うシャームに、私は言った。

「ラッキーじゃないのよ、シャーム。これが、カウンティングなの」

そう、私がしたいのは、ただの基本戦略だけじゃない。さらにその上をいく高等戦術である「カードカウンティング」なのだ。

この秘密の戦略が、私の運命の鍵を握っていた。

カウンティング

余命あと1ヶ月。

シャームが、次々にめくっていくトランプのカードを見て、私は即座に計算していった。

「6、5、6、7、6……」

増えたり減ったりする数字。52枚のカードを出し終えたところで、その数はゼロになる。

「オーケー、アマリ。お疲れさま」

シャームがそう褒めてくれ、厨房でコーヒーを淹《い》れてくれる。

私はほっと一息ついて、シャームが渡してくれたそのコーヒーを啜《すす》った。

やっぱり、人を相手に練習すると、一人で練習しているときとは緊張感が違う。迷ったり長考していては、シャームのカードを繰り出すスピードについていけなくなる。

このカードの計算が、カウンティングのすべてだ。この計算が素早く正確にできなければ、カジノで勝つことはできないだろう。

「なんか、難しくて頭痛くなるね」

見学していた美奈子が舌を出した。

確かにカードカウンティングは頭を使う。けれど、これでも、いろいろあるカードカウンティングの方法の中ではまだ簡単なほうだ。中には、私にはできそうもない、高度すぎる戦略もある。

私の戦術は、もっとも分かりやすい手法のひとつ「Hi-Lo《ハイ ロー》」。これは、トランプを、ハイカードとローカードとそのほかのカードの3種類に分けて計算する方法だ。

ハイカードは、10点カード（10、J、Q、K）とA。これをマイナス1と数える。ローカードは2から6のカード。こちらはプラス1と数える。そのほかのカードはゼロだ。無視していい。

ディーラーとプレイヤーに配られて場に出たすべてのカードをこの計算法で足し引きしていくのだ。

ブラックジャックというゲームは、ジョーカーを除いた52枚のカードを使う。これを1組（1デック）だけ使う場合もあれば、2デック以上使う場合もある。カジノでは6デックや8デックを使うテーブルもあるけれど、いずれにしても、カード枚数は有限。

普通、ブラックジャックでは、一勝負ごとではなく、何勝負か終わったあとに使用したカードをシャッフルする。だから、どんどん配られていくうちに残りのカード枚数は少なくなっていく。

つまり、出たカードをすべて記憶していけば、残りの山にはどんなカードが何枚残っているかを導き出すことができるのだ。

けれど、1デックならともかく、すべてのカードを記憶して瞬時に残りのカードを把握できる人は稀だ。私にもそれは難しすぎる。カードカウンティングというのは、これを簡略化して、今、プレイヤーに有利なカードが残っているか、ディーラー側に有利なカードが残っているかを弾き出す魔法の計算法なのだった。

プラスが大きければプレイヤー側に有利、マイナスが大きければディーラー側に有利と考えることができる。それによって基本戦法とは違う戦法を取ったり、ベットを増やしたり減らしたりするのだ。

シャームが「よくできてるなあ」としきりに感心する。

「つまり、Aや絵札が山に多いとき、ディーラーがバーストする確率が高くなるってわけだ」

17以上になるまでカードを引き続けなければいけないディーラーは、「12」から「16」の手札でハイカードを引けばバーストだ。

「プレイヤーのメリットもあるね。ハイカードが山に多いときを狙ってダブルダウンすれば、効果的に決まる確率が高くなる」

ベットを倍にするダブルダウンで勝負に出てローカードを引いたときの悔しさったらない。「11」でダブルダウンして、Aや2のカードが出たときなんか、「やってられない」とカードを放り投げたくなる。けれど、決まったときの喜びは、ベットと同じく倍増だ。

こうやって、カードをめくってもらって、それを見て一瞬で計算する練習も良いけれど、やっぱり、一番力がつくのは実践だ。美奈子とシャームと私の3人でゲームをプレイするときには、その3人に配られるすべてのカードを瞬時に計算しなければならない。本番では、最大プレイヤー数は6人にもなる。

けれど、私のカウンティングは、まだまだ不十分だ。3人のプレイですらカウントを間違えてしまう。

決戦の日は、あと1ヶ月に迫っている。私は焦っていた。

お金は、毎月貯めている。しかし、いくら貯めても十分ということはない。日、一日とその日が迫ってくる。私は次第に、「まだ足りない、もっとやらなくちゃ」という気持ちに急《せ》かされるようになっていた。

私は、週4日だった「クラブ幸」を週5日にしてもらい、休日のヌードモデルの仕事を何件も詰め込んだ。

私は、シャームに休憩を切り上げるように言った。

「さ、もう1回やろう」

しかし、美奈子がそんな私を制した。

「まだやるの？　あんまり根詰めないほうがいいよ。遊んでる時間くらい息抜きしないと」

シャームも心配そうに私の顔を覗き込んだ。

「そうだよ、アマリ。最近、なんだか顔色悪いし」

しかし、私は彼らから顔を逸《そ》らした。

「でも、時間がないの。練習しないと……」

その瞬間、視界が揺れた。景色が回る。（あれ？　おかしいな？）そう思う間もなく、私は床に倒れていた。

「アマリ！」と叫ぶ美奈子とシャームの声が遠くに聞こえる。

突然電気が消えたように、私は真っ暗闇に包まれた。

人生のブレイクタイム

うっすらと目を開けると、真っ白い天井が見える。私は鉄パイプのようなものに囲まれて横になっているようだ。

（ここ、どこだっけ……？）

すぐには状況を理解できずに、私はゆっくりと記憶を辿《たど》る。腕に刺さっている点滴が目に入った。

（ああ、そうだ……病院だ……）

私が寝ているのは、病院のベッドの上だった。私のを入れて6つのベッドが並ぶ大部屋で、私は窓際に寝ていた。

昨夜の光景がゆっくりと頭に蘇《よみがえ》ってくる。

意識が朦朧《もうろう》として倒れてしまった私は、美奈子とシャームに付き添われて救急車で運ばれた。そして、病院でCTや血液検査などの検査を受け、疲労の蓄積による重度の貧血だろうと診断された。つまり一般的にいうところの「過労」だ。そして、私は即刻入院となった。

（そうだ、私、倒れちゃったんだ……）

私は、もう1ヶ月もないラスベガス行きを前に、焦っていた。

焦るあまりに、仕事を増やし、カジノのゲームや英語の勉強などに根を詰め、極限まで眠る時間を削った。けれど、その激務に私の体は耐えられなかったのだ。

看護師さんは「ゆっくり休みなさい」と私に声を掛けて、部屋から出て行く。

外では、しとしとと雨が静かに降り続いている。窓から見える小さな公園では、雨粒を受けて青々と茂った芝生や木々が揺れていた。

私はそれを、しばらく見つめていた。

静かな病棟にせわしない足音が響いた。それはどんどんこちらに向かって来る。

「ちょっと、アマリちゃん、大丈夫⁉ 倒れたって聞いたから」

どやどやと病室に入ってきたのは、レイナさん、チカちゃん、メグミちゃんらお店のホステスたちだった。私は、数時間前に「クラブ幸」のママに連絡し、店を休ませてもらう旨を伝えていた。彼女たちはそれを早くも聞きつけて、出勤前にお見舞いに来てくれたのだ。

ピアノの発表会で渡すような大きな花束を持っての登場に、同室の患者たちの視線が集まる。

「あ、ありがとう。ただの過労だったみたい……」

「大丈夫？ 辛くない？」

心配性のチカちゃんは泣きそうだ。

「ただのって、過労で死ぬ人だっているんだからね。体だけは大事にしないと」

「ほんと、ごめんなさい」

母親に叱られた子どものように私は謝った。

「こんなに痩せちゃって……ちゃんと食べて寝なさい」

レイナさんが看護師さんと同じことを言う。

「うん、ありがとう」

「でも、頑張ってたもんね」

メグミちゃんがしみじみ言った。そういえば、ヌードモデルを紹介してくれたのはメグミちゃんだった。３つの仕事を掛け持ちしてから、私の生活はまた急激に変化したのだ。

「とにかく、何も考えないでしばらくゆっくり休みなさい」

そう言うと、彼女たちはささっと花を活け、「また顔出すね」と嵐のように去っていった。

私は、彼女たちの撒《ま》き散らした香水の残り香を嗅ぎながら、「ありがとう」とつぶやいた。

しばらくして、今度は、美奈子が入ってきた。

「あ、起きた？　調子はどう？」

「うん、大丈夫。心配かけてごめんね」

救急車を呼んで病院まで付き添って来てくれたのは美奈子とシャームだった。

診断の結果、私の命には別状はないということで、美奈子は会社に出勤し、仕事を終えて再び病室に駆けつけてくれた。

「本当にごめん。ありがとう」

「ううん、いいのよ。でもまさか、過労なんてね」

「売れっ子って大変だよね」

冗談が言える私に、美奈子は安心したようだった。

「良かった。顔色も良くなったよ」

「うん、なんか、憑き物が落ちたみたいにスッキリしてる」

「久しぶりにいっぱい眠れたからじゃない？」

確かに、こんなに眠ったのは、久しぶりだ。

思い返せば、11ヶ月、本当に走りっぱなしだった。

朝から夕方まで会社に通って派遣の仕事、夜から終電までは銀座のホステス、土、日にはヌードモデルの掛け持ち。その間にも、同伴、アフター、夜遊び、英語やカジノの勉強……。

一体どこに寝る時間があったのだろうと自分でも思う。

ラスベガスに行こうと決めてからこれまで、1分1秒も無駄な時間などなかったし、後ろを振り返る暇も悩んでいる時間もなかった。

走り続けていれば、立ち止まってうじうじ考え込むよりも、迫ってくる不安から逃れることができた。目的に向かって走ることしか考えていなかったこの11ヶ月、私は、将来への不安などにかまけている暇などなかった。

けれど私は、ちょっと走りすぎたらしい。自分の体があげている悲鳴を聞き取ることができず、ゴール手前で焦って転んでしまった。

「きれいな花」

美奈子が、花瓶に活けられたばかりの花を見ていた。

「うん。『クラブ幸』の友だちがさっきくれたの」

「そう」

友だち。その言葉が自然に出たことに、自分が驚いた。

そんな私に、美奈子が向き直る。

「アマリ。あなたのこと、応援してる。でも、体にだけは気を付けて。アマリが倒れたら悲しむ人はいっぱいいるんだよ」

「うん……ありがとう」

真剣な美奈子の瞳に、胸が熱くなる。

こんな私を心配してくれる人がこんなにもいる。

私は、ラスベガスに行く目的を改めて思う。

29歳最後の日を思いっ切り派手に過ごして、そして30歳の誕生日で、人生を終える。そのために、突っ走ってきた。

だけど……。

もやもやとしたグレーの雲のようなものが胸の奥から湧き出てくる。

それをかき消すように頭を振り、私は窓の外に目をやった。

グレーの空の下、恵みの雨を受けて緑の草木が静かに揺れていた。

タイム・トゥ・セイ・グッバイ

7月。とうとうそのときがやってきた。

私はラスベガスに向かう飛行機の機内にいた。

旅行日程は4泊6日。最終日が私の30歳のバースデーだ。派遣先には、土日を合わせて9日間の休みをもらった。

毎月こつこつ貯めていた貯金は、この一年で150万円にもなっていた。私は、その中から旅行代金を支払い、残りをトラベラーズチェックやドル紙幣に分けて換金した。

自分が本当にラスベガスに向かっているなんて夢のようだ。もしかして夢なんじやないだろうか。実際私は、何度も何度もこの旅を夢に見ていた。

日本からラスベガスへの直行便はない。成田から飛び立った飛行機を、ロサンゼルスで乗り換えると、私の胸は高鳴った。

けれど、その胸の高鳴りには、不安も含まれていた。

言葉が通じるだろうか、知らない街で危険な目に遭わないだろうか……そういった心配や不安ではない。旅行会話は外国人の友人たちと何度も練習したし、穴が開くほど眺めていた地図のおかげで、ラスベガスの街はきっと目をつぶってでも歩ける自信がある。

それよりも、何冊も何冊もラスベガスについてのガイドブックや関連書籍を熟読し、シミュレーションを繰り返していた私は、あまりにもラスベガスを知り尽くしていた。そのやり過ぎともいえる準備が初めてのラスベガスの感動を損なってしまうのではないか、という妙な不安すら抱いていたのだ。

そんな心配を乗せて、飛行機はマッカラン空港に近づいていく。昼の陽光が降り注ぐ広大な砂漠の中に、突然、蜃気楼《しんきろう》のようにラスベガスの街が姿を現した。

真っ直ぐに延びるストリップ通りの両側には有名ホテルの高い建物、庶民的なダウンタウン。そこには、数々の本で見たとおりの景色があった。

けれど、これは写真じゃない。私は本当にラスベガスに来たんだ!

私の心配は杞憂《きゆう》だった。体は興奮が駆け巡ってかっと熱くなり、わなわなと震えた。

飛行機が着陸し、震える足でこの1年、焦《こ》がれ続けた土地に降り立つ。様々な思いが胸に去来するけれど、とにかく、ここまで来た。あとはもう、思い切りやるしかない。29歳最後の日々を、悔いなんて残る隙もないほど派手に遊び尽くそう。

私は、心を決めた。

空港のターミナルビルに一歩入ったそのとたん、カンカンカンカンというご機嫌な当たりの音があちらこちらから響いた。スロットマシンだ。ラスベガスという街は、空港にまで数え切れないほどのスロットマシンが並んでいる。なんて型破りな街だろう。心がはやる。

こちらもずらりとスロットマシンの並ぶバゲージクレームで荷物を受け取り、誘惑を振り切るように足早にターミナルを出る。

C-Gates
LIVE AT THE
VENETIAN
1.800.BLUEMAN
BOBBY
SLAYTON
HOOTERS
Live Bands. No Cover.
HOOTERS Casino
2
4
MYSTÈRE
CIRQUE DU SOLEIL
AT TREASURE ISLAND
NOTICE
6
WAYNE BRADY
Making %@it up
Now Performing
702-414-9000
THE VENETIAN
10

D-Gates
D-Gates
MANILOW
music and passion
Las Vegas
BLUE
MAN
GROUP
WANDA
SYKES
Las Vegas
WELCOMES
ASD/AMD
ONLY
Vegas
VEGAS
3
4
6
10

外は、日本の真夏以上の強い太陽の光線が降り注いでいた。今が暑さのピークで、時には40度を超えることもあるというラスベガス。

私はあっという間に汗だくになった。砂漠の真ん中らしく空気は乾燥している。迎えの車を見つけて乗り込むと、冷房が利いていてすっと汗が引いた。向かうは、ベネチアンホテルだ。

マッカラン空港から出発した車は、ストリップ通りをまっすぐ進んでいく。道すがらに見える施設のあまりの大きさに、私の口はあんぐりと開きっぱなしになった。世界最大のホテル&カジノのメガリゾート「MGMグランド」、まるでディズニーランドのシンデレラ城のような「エクスカリバー」、マンハッタンの高層ビルを再現した「ニューヨーク・ニューヨーク」。

ラスベガスの施設は、信じられないくらいの規模だ。想像をはるかに凌駕《りょうが》している。これだけで、アメリカの広大さを嫌というほど思い知らされた感じがした。

こうして、行きの道ですでに感動に打ち震えていた私は、ベネチアンホテルに到着して、また殴られたかのようなショックと感動を味わった。

そこには、イタリア・ベニスの風景が広がっていた。ホテルの前には大運河が流れ、そこに浮かぶゴンドラ、それに乗ってカンツォーネを歌う舟漕ぎ、サン・マルコ広場、ドゥカーレ宮、リアルト橋。水の都を代表する風景がぎゅっと凝縮されている。まるでベネチアの街を模したテーマパークのようだ。

絢爛《けんらん》豪華なエントランスを入って、天井の高いドーム型のロビーへ。

その丸天井は、フレスコ画で埋め尽くされている。レプリカとはいえ、その美しさといったら……！　海外には慣れた感じを装って歩こうと思っていたにもかかわらず、キョロキョロと辺りを見回さずにはいられない。

なんとかカードキーを受け取り、セキュリティチェックを通る。

客室のエレベーターへと向かうとき、1万平方メートル以上もある巨大なカジノフロアを通り抜けた。何千台ものマシンとテーブルが集まるフロアは、吹き抜けになっていて、思考回路を麻痺させるようなマシンの電子音が響き渡っている。

（ここが私の決戦の舞台……！）

胸に熱いものが滾《たぎ》るけれど、そこはまだぐっと我慢して、エレベーターへ向かった。途中、ショッピング街のある2階に寄ると、そこにもまた運河が流れゴンドラが浮かんでいた。

BARNEYS NEW YORK

見上げれば、屋内なのにリアルな青空が広がっている。ものすごく手のこんだ、贅をつくしたテーマパークだ。

あちこち見て回りたいが、まずは部屋に荷物を置くのが先決だ。客室フロアで降りてから果てしなく長い廊下を歩き、やっとのことで部屋に着いた。数日間という短い間ではあるけれど、私の城となる、人生初のスイートルームへ足を踏み入れたのだ。

ベネチアンは、すべての部屋が60平方メートル以上の広さのスイートルームという豪華なホテルだ。さすがに、最高ランクの部屋は取れなかったけれど、リビングルームとベッドルームが分けられていて、バスルームには小型テレビつき。十分な広さとクオリティだ。女性の憧れが詰まった部屋にうっとりとし、私はベッドに倒れ込んだ。

日本とラスベガスの時差は、サマータイム時で16時間。ラスベガスはまだ午後3時だ。早く街に出たいと気持ちは先走るけれど、今後のペース配分を考えて仮眠をとろう。そう決めると、飛行機の中でも眠れずにまるまる徹夜状態だった私は、すぐに眠りに落ちていった。

目覚まし時計の音で目を覚ますと、部屋は真っ暗闇だった。一瞬記憶がつながらず、ラスベガスにいるということを理解するまでに時間がかかる。けれど、それに気付くと、すぐに飛び起きた。

部屋のカーテンを開ける。でも残念ながら、ストリップ通り側ではないために、夜のラスベガスの街があまりよく見えない。

(早く街に出よう！)

私は焦りながら服を着替えた。私はこの旅に、十数着もの服を持参してきていた。街の散策用、ランチ用、ディナー用、夜のバー用、そしてカジノ用。日替わりどころか、シチュエーションごとにお色直しのように着替えるつもりなのだ。

これらはすべて、奮発して買ったり、レンタルショップで借りたものだ。1年前の私なら、とりあえず気候にあった着られるものなら何でもいいや、だっただろう。けれど、今は外見からおしゃれをする愉しみを覚えていた。

再び長い長い廊下を歩いてホテルを出る。するとそこには、素晴らしい夜の街並みが広がっていた。

「わあ！」

私は思わず声をあげる。

すべての建物が色とりどりのネオンで彩られて、街全体が発光しているかのようだ。これぞラスベガス！　夜になると一段と魅力を増す、夜行性の街。

本当に、自分の目で見て感じるラスベガスは、あのテレビで見た光景の１００倍くらいの迫力がある。右を見ても左を見ても感動の嵐だった。

様々な国籍の人々がストリップ通りを観光している。アメリカで最も治安の良い観光地といわれるラスベガスでは、いつもたくさんのセキュリティの人々が目を光らせていて、このメインストリートならば夜中でも女性が一人で歩くことができるほど安全だ。

しばらく興奮しっぱなしでとにかくお腹がぺこぺこの私は、初日の夕食に決めていたパリスホテルのバフェに向かった。２分の１のスケールのエッフェル塔が見えてきたらそこがパリスホテルだ。

正面玄関を入り、バフェに向かう。さすが人気の店だけあって少し行列ができていたけれど、待つだけの価値はあった。豊富な料理もデザートも食べ放題、すべて

MANDALAY
planet
MGM
THE CITY OF ENTERTAINMENT
NEW YORK NEW YORK
Monte Carlo
BALLYS
planet hollywood
ph
BELLAGIO
O
MANILOW
BALLYS
CAESARS PALACE
CHER
THE MIRAGE
CASINO & RESORT
THE BEATLES
LOVE
CIRQUE DU SOLEIL
JET

が美味しくて、内容に比べて値段もかなり安いのだ。ラスベガスの街は、カジノで金をたくさん使ってもらうために、飲食店などの値段を比較的安く設定しているのだ。

一人で食べ放題なんて、1年前の私であれば恥ずかしくて無理だっただろう。けれど、そんなことはまったく気にならなくなっていた。

人がどう思おうと構わない。誰にも迷惑はかけていないはず。大切なのは、私が最高に楽しんでいるかどうかだ。

気の済むまで食べ、最高の幸福感に包まれてパリスホテルを出ると、そこには人だかりが出来ていた。みんな、パリスホテルの正面に位置するホテルベラッジオに向いている。

敷地面積の半分を大きな池が占めている、なんとも豪勢で贅沢な造りのベラッジオは、私が、最後の最後までベネチアンとどちらにしようか迷ったラスベガス最高級のホテルだ。

そのとき、池から大きな水柱が噴出し、人々が歓声をあげた。ベラッジオの噴水ショーが始まったのだ。

1日に何度も、午後7時以降は15分に一度という頻度で行われるこの壮大な噴水ショーは、ホテルの部屋からはもちろん、ストリップ通りから誰でも無料で見られる。この太っ腹なところが、さすがラスベガスだと思う。

「タイム・トゥ・セイ・グッバイ」が流れ、その優雅な音楽に合わせて、ライトアップされた水が変幻自在に姿を変える。1000以上の噴水口から噴出する水のラインは、時には70メートル以上の高さにダイナミックに立ち上がり、時には滑らかな曲線を描く。まるで、一糸の乱れもない群舞のようだった。

幻想的なその光景はまるで、「よく来たね」「待ってたよ」とラスベガスが私を歓迎してくれているように思えた。

私の目からはいつしか涙があふれていた。

(ラスベガスに来てよかった……)

この一年間、どんなつらいことがあっても決して泣かなかった。めそめそしている時間などなかったからだ。

私は、これまで体験したことのない幸福感に包まれていた。

こんな贅沢な夢の世界を、父や母にも見せてあげたいと思った。

planet

20代最後の日

こうして私は、ラスベガスのあらゆる場所を観光して回った。

来る途中のタクシーの中で見た「ＭＧＭグランド」、「エクスカリバー」、「ニューヨーク・ニューヨーク」のほか、巨大ローマ帝国のようなシーザース・パレスホテル、南太平洋のビーチリゾートをテーマとしたマンダレイベイなど宿泊できなかったテーマホテルを見学し、各ホテルのショーや数々のバフェを堪能した。

リムジンの送迎がついたヘリコプターツアーで、ラスベガスの夜景を満喫した。

ストラトスフィアタワーの絶叫マシーンや、地上３００メートル以上の高さからジャンプするスカイダイビングで、初めてのスリルと爽快感を味わった。

ダウンタウンで古き良きレトロなラスベガスを感じ、フリーモントストリートの1000万個以上のLEDが映し出す光と音のショーに酔いしれた。

世界には、雑誌やガイドブックに紹介されていても、実際に行ったら、がっかり……という観光地もあるけれど、ラスベガスではそんなことはあり得なかった。すべてが想像のはるか上をいっていた。

私は、寝る暇も惜しんで働いた時間を取り戻すかのように、今度は寝る暇を惜しんで、全力で遊び尽くしたのだった。

観光を終えてホテルに戻ると、私は、最後の目標に向けて、着々と準備を進めた。そう、私の最大であり最終的な目的はカジノだ。

ラスベガスで過ごす最後の夜が、現地時間で私の29歳最後の夜。その日を決戦の日と決めていた私は、毎晩ホテルでカウンティングの最終チェックを念入りにした。

そして、ベネチアンホテル内のカジノを何度も下見した。私が勝負を挑もうとしているブラックジャックは、地域やホテルごとに細かいルールの有無など微妙な違いがあるために、確認しておかなければならなかったからだ。

チェックが済むと、カジノの雰囲気に慣れておくために、ミニマムベット5ドルのテーブルを見つけて、何ゲームかプレイしてみた。

けれど、あれほどまでにシミュレーションを重ねてきたのにもかかわらず、本場の空気に飲まれてしまって、私の体はがちがちだった。

客とディーラーの間ではいかなるものも手渡し禁止、という原則を忘れて、現金をカジノチップに交換してもらうときにディーラーに直接手渡そうとするなど、初歩的なミスまで犯してしまうありさま。

最終日には、ミニマムベットのもっと高いテーブルでゲームするつもりなのに、こんな感じで大丈夫なんだろうか、と自分でも心配になってしまった。


そして、いよいよその日がやってきた。

日中は、遠くへ観光に行ったりはせずに、これまでの疲れを癒《いや》す時間にあて、夜のカジノに備えることにしていた。

最高の一夜に向けて、私は自分を磨くためにベネチアンのスパを訪れた。スパの入り口を入ると、正面がいきなりロッククライマーの登るクライミングウォールになっていて驚いた。スパとサロンのほか、トレーニングスタジオに、フィットネススタジオ3部屋、さらにカフェとプールも併設されている。あまりに広くてちょっと落ち着かないくらいだ。

街では日本人観光客の姿をちらほら見かけるのに、ここには一人もいなかった。ゆったりと時間を過ごしている人々を見ると、各国のエリートたちの集まりという感じがして、私は少し怖気付きそうになったけれど、なんとか受け付けを済ませて中に入った。

フィットネスで軽く運動したあと、サウナやスチームルームで汗を流し、ジャクジーにゆっくり浸かる。予約の時間になったので、100種類以上もある中から選んだオプションのスパトリートメントを受けに行った。

担当はハンサムな男性スタッフ。そのマッサージは極上で、本当にとろけそうになってしまった。それが終わると、サロンでネイルも施してもらった。

こうして、身も心もぴかぴかに磨いた私は、いざ4階に位置する屋外プールへと向かう。けれど、更衣室で取り出したビキニを前に、私は一瞬戸惑った。

（大丈夫。私は今最高にキレイよ）

私は自分にそう言ってあげる。

私の体重は、もう47キロにまで落ちていた。この1年でなんと25キロ以上も痩せたのだ。

もう私は昔の私じゃない。誰に見られたって恥ずかしいことなんてない。

私は、人生初のビキニを身に着けて颯爽《さっそう》とプールサイドに出た。

そこには、砂漠のど真ん中に作った人工のオアシスがあった。緑の木々と、天に向かって聳《そび》える美しい建造物に囲まれ、水面は真っ青な空の色を映してキラキラとまぶしく輝いている。

スタッフにパラソルを開いてもらいデッキチェアに寝そべった。サングラスもかけてちょっぴり気取り、飲めもしないのに、カクテルのピニャ・コラーダとサンドイッチを注文する。

このプールもスパと同じく、「いつもどおりのバカンス」というような慣れた雰囲気の恋人や家族連れの外国人ばかりだ。

（6畳一間のアパートに住んでいる人なんて、私くらいだろうな……）

そう思うと、とても不思議な感じがした。

最高級の部屋に泊まり、カジノで大枚をはたくような人々にとっては、150万円という私の全財産なんてたいした額ではないだろう。

けれど、私は、必死に稼いで、たったの1年でこの素晴らしい贅沢を手に入れた。

銀座のお店のセレブなお客様たちに豪華なレストランやリッチな遊びに連れて行ってもらったこともあるけれど、どれも、これほどの充足感を感じたことはなかった。

苦労して苦労して手に入れたものでなかったら、これほど最高の時間を手に入れることができただろうか。

私は、照りつけるラスベガスの日射しの中、プールで泳いだり、パラソルの下でうとうとと居眠りしたり、夢見心地で過ごした。このままずっとここにいたい。

ゆっくりと日が傾いているのを感じながら、カクテルグラスを片手にぼうっとしていると、英語で声を掛けられた。

「ハイ、君、一人?」

背の高い、アメリカ系の男性だった。

「どこから来たの?」

これはもしかして……そう、多分、もしかしなくてもナンパだ。

六本木のクラブなどでも何度か声を掛けられたことはあるけれど、それとは違う。

憧れのリゾート地の爽やかな青空の下、マッド・デイモン似のイケメン外国人に声を掛けられているのだ。

私はドキドキしながら下手な英語で答えた。

「日本よ。あなたは？」

「ワオ、日本？　僕はニューヨーク。家族と一緒なの？」

「友だちよ」

私は咄嗟に嘘をつく。周りはカップルか友人で来ているグループばかりだ。女の一人旅だといえば、余計な詮索《せんさく》をされるだろう。

「そう。僕も友だちと来てるんだ。今、カジノにいるよ」

彼は、やれやれというジェスチャーをした。解放感あふれるプールの誘いを断ってまで友人はすっかりカジノにはまっているのだという。

「エンジョイしてる？」

「ええ、とても。あなたはバカンス？」

「そうだよ。君は？　学生？」

やっぱり日本人は幼く見えるらしい。明日で30歳になる私なのに、学生だと思うなんて。私は、つい「イエス」と答えてしまった。

その後も片言の英語でなんとか会話を続けた。ロブという名の彼は、弁護士として働いているという。一見やんちゃそうだけれど、話してみると紳士で賢くて、とても魅力的だった。

ロブは「もし良かったら」と前置きして言った。

「今夜一緒にディナーをどう？」

なんて嬉しいお誘いだろう。私の、20代最後の夜を、こんなに素敵な彼と過ごすことができるのだ。私は、なんとか余裕を保って「そうね、いいわ」と答えた。


私たちは、午後6時にホテルのロビーで再び落ち合った。

私は、ピンクのシフォンのワンピースの上にショールという姿。紺のジャケットを着て一段と凛々《りり》しく見えるロブは、隠れ家的な雰囲気のイタリアンレストランに案内してくれた。

そのレストランの入り口は、多分「知る人ぞ知る」感を醸《かも》し出すためにわざとわかりづらくしてあるのだろうと思われた。広いホテルの中にはレストランだけでも

16軒あり、この穴場的なレストランを私は知らなかった。

バフェや、ファーストフード、ファミリーレストランなどを食べ歩いていた私にとって、入り口からして高級感のあふれる本格的なホテルのレストランは、この旅行で初めてだ。

階下にゴンドラの浮かぶ運河を眺めながら、私たちはコース料理を楽しんだ。まるで映画の中にいるようだった。美味しい料理、完璧なムード、そして目の前には魅力的な男性。一体ほかに何が必要だろう。

幸福なディナーが終わると、ロブは「このあと、バーで飲まない?」と誘ってくれた。ラスベガスの夜景を一望するバーにも行ってみたかった。もっともっと甘いムードに酔いしれたかった。でも――私にはやらなくてはいけないことがある。

「ごめんなさい、私、もう行かなくちゃ」

そうきっぱりと断った。29歳のシンデレラは、魔法が解ける前にもう一仕事しなければいけないのだ。ロブはとても残念がったし私も心残りだったけれど仕方ない。私はその後の約束も、連絡先の交換もしなかった。

30歳の誕生日である明日、私はもうこの世にはいないかもしれないのだから。

華麗なるギャンブラー

この日のために用意した露出の高い黒いドレスを身に纏《まと》い、イミテーションではあるけれど、ゴージャスなゴールドのネックレスに大ぶりな指輪を身に着けて、私はカジノフロアへの入り口をくぐる。

髪をアップにまとめ、銀座で腕を上げたメイクを施した。イメージは謎の東洋美女だ。胸を張ってしゃなりしゃなりと歩く。特にドレスコードなどはないのでジーンズにTシャツというカジュアルな人もいる。けれど私は、気分を高めるために、めいっぱいドレスアップした。だって、私の一世一代の晴れ舞台なのだ。

周囲の人々の視線が集まるのがわかる。「ソービューティフル」と声を掛けてくれた年配の白人女性もいた。

ゲームマシンは2000台以上、ゲームテーブルは約130台もある広大なカジノフロアには、多くの人々がひしめいている。私は、ほかのものには目もくれず、ブラックジャックのテーブルを見て回った。

テーブルについているプレイヤーの周囲を、たくさんの野次馬が取り囲んでいる。特にチップを山のように積んでいるプレイヤーの周りには、一段と大きな人だかりができていた。

いくつものテーブルの中で、最もディーラーの感じが良さそうなところに決め、私はしばらく見物人に交じって見学する。

私がこれまで何度か腕ならし的にプレイしてきたのは、ミニマムベット5ドルのテーブル。けれど、本番の今日は、その10倍、50ドルからのテーブルに決めていた。

このときの1ドルは約100円。つまり、最低でも日本円で約5000円から賭けなくてはいけないということになる。かなりの高額テーブルだ。賭け方次第では、私が1年間かけて稼いだ額などあっという間にふっとんでしまうだろう。

安いテーブルはディーラーと無駄口を叩いたり、ルールのよくわからない初心者がプレイしたりと、和気藹々としたムードが漂うけれど、賭け金が高いテーブルは、プレイヤーもディーラーも、そして観客ですら緊張感が違う。

まさに人生を賭けるのにふさわしい舞台だ。

しばらく見学している間に、プレイヤーは入れ代わり立ち代わり、座っては去っていく。私は、ディーラーがシャッフルしたときをスタートとして、カウンティングを始めた。

（5、6、7、6、7、8……）

しばらく数えるうちに、だんだんとプラスが増えていき、プレイヤーに有利な状況になってきた。私は、意を決してテーブルの一番左側の席に座った。

「チェンジ、プリーズ」

２０００ドルをテーブルに置く。日本円にして約20万円の紙幣がカジノチップに変わった。

さあ、いよいよゲーム開始だ。

私の胸はいやがおうにも高鳴る。

50ドルをベットすると、シューと呼ばれる複数のカードデックが入ったケースから、2枚のカードが手元に配られた。このテーブルのシューには6デックが入っている。

私の手札の合計数は「14」、ディーラーのフェイスアップカードは6だから……頭の動きが鈍い。その間に、ほかのプレイヤーは慣れた手つきでサインを出す。私も慌てて人差し指でテーブルを叩き、「ヒット」のサインを出した。

(あっ、間違えた……！)

緊張のあまり、いきなりミスをしてしまった。手持ちのカードは7が2枚。本当は、カードを2手に分ける「スプリット」のサインを出さなければいけなかったのだ。けれど、もう遅い。無情にも、ディーラーからもう1枚のカードが配られる。

そのとたん、野次馬から感嘆と賞賛の声があがった。

「アメージング！」

「イッツ、ミラクル」

なんと、3枚目のカードも同じく7だったのだ。

すべて足して「21」となるスリーセブン。滅多に揃うことのない、最も美しいといわれている手札だった。

「ビューティフル！」

隣に座ってプレイしている、でっぷりと太った年配の白人男性が目を丸くした。私も余裕の態度で「サンキュー」と答え、にっこりと微笑む。頬が引きつっていないだろうか。

50ドルが1回の勝負で１００ドルになった。５０００円がたったの30秒ほどで倍になったのだ。

あくまでもポーカーフェイスを崩さないディーラー。私は彼のために、心づけのチップをテーブルに置いた。

アメリカは、チップ社会だ。ホテルマンやタクシー運転手、レストランのウェイターなど、あらゆるサービスマンにお礼のチップを渡す習慣がある。それは、カジノでも同じだった。

大勝したときや、テーブルを離れるときなどには、お世話になったディーラーに勝った額の10パーセントから20パーセントくらいの心づけを渡すのがマナーだ。私は、このテーブルの最小額しかベットしていなかったので大儲けしたわけではないけれど、この美しい手が最初に出た記念と感謝を込めて、チップを渡した。

幸先がよいというべきか、それとも、これでこの旅の運をすべて使い切ってしまったのか、わからない。

とにかくこの珍しいスリーセブンのせいで、誰もが私を「この女、ただ者じゃないぞ」という目で見ていた。カウンティングを十分にしてから満を持して参戦した「やり手」のように思われてしまったのだ。

本当はただのまぐれなのに……。

私の気持ちとは逆に、盛り上がりにつられた野次馬がさらに集まってきた。

（まいったな）

派手にやるつもりではあったけれど、注目されることには慣れていない。

ディーラーや、フロア内に隈なく目を光らせている監視役のピットボスにカードカウンターだと目をつけられてもまずい。

のちに、ラスベガスでのカウンティングは事実上禁止になったけれど、このころはまだそれほど厳しくはなかった。

けれど、カードカウンターは、当然、カジノにとって疎《うと》ましい存在であることは確かだ。あからさまにカウンティングしていることがバレたら、その店から締め出されることもあるという。

それほど派手に儲けていなければ締め出しをくらうことはないかもしれない。けれど、そうでなくても、ディーラーがカウンティングのための対策を講じてくる場合がある。たとえば、浅めのシャッフルだ。

カウンティングとは、カードの残り枚数の中にいかに有利なカードが残っているかを計算するものだ。配ったカードが多くなってシューに残ったカードが少なくなればなるほど、残されたカードが予測しやすくなり、プレイヤーに有利となる。

簡単な例をあげると、1組のデックだった場合、Aが4枚場に出てしまったあとなら、「シューの中にAはもう1枚も残っていない」ことがわかるだろう。それによって勝つための戦略を立てることができる。

店側がそれを防ぐためには、シャッフルする頻度を上げれば良いことになる。普段はカードを70パーセントから80パーセントほど配ったところで全シャッフルをするようにしているところを、カードカウンターがいるという疑いがあれば、50パーセントやそれ以下でシャッフルするのだ。

そうなると、せっかく数えたカウントがまた振り出しに戻ってしまう。極端な話、もしも毎回シャッフルされてしまえば、カウンティングの効果は一切なくなってしまう。

けれど実際、1回配るごとにシャッフルをすることはなかなかない。そんなことをしていたらプレーの進行が遅くなって収益率が下がってしまうからだ。のちに連続シャッフルマシンが導入されるなどカウンティング対策が進んだらしいけれど、このころはまだディーラーのハンドシャッフルが主流だった。その鮮やかな手捌《さば》きも見どころのひとつだったのだ。

ちなみに、カードカウンターだと見抜かれてしまうポイントは、目線の動かし方などにある。一般の人は自分のカードで手一杯なのに、カードカウンターはほかのプレイヤーの手札やヒットしたカードまでを必ず見るからだ。

(さりげなく、さりげなく……)

私は心の中で唱えながら、さりげなさを装って、ディーラーやほかプレイヤーのカードを見た。

けれど、人々の視線が私の一挙一動に集まっているのを感じて、なかなか緊張が解けない。

そんなガチガチの数ゲームが終わったところで、隣に大きなゴールドの指輪をした年齢不詳のアジア男性がどっかりと座った。

「チェンジ、プリーズ」

そういってカジノチップに両替したあと、私に向いて「やあ、どこから来たんだい？」と尋ねた。

「日本よ」

私は答える。

「そうかい、私は中国だよ。お互い楽しもうじゃないか」

その彼の鷹揚《おうよう》な笑顔が、私の心を和ませた。

（そうよ。とことん、楽しもう）

そう、こんな一生に一度の大舞台、萎縮《いしゅく》してしまっていてはもったいない。

私は高度なテクニックを持ったカードカウンターではない。うっかりミスもかなりある。だけど、いいじゃない。思い切ってやろう。私らしく、伸び伸びと、この勝負を存分に楽しもう。

観客は私を応援してくれる味方だと思えばいい。

そう思うと、だんだんと愉快な気分になってきた。

可愛らしいブロンドのカクテルウェートレスが歩いてくる。私はオレンジジュースをもらい、チップとして1ドルを渡した。

カジノでプレイをしている人なら、カクテルやビールなどのドリンクは無料で飲み放題だ。酒好きにとってはこんなに幸せなことはないだろう。

けれど、私は、もともとアルコールは飲めない体質だ。それが良かった。

カジノ側が無料で酒を勧めるのには、客の判断力を低下させたり、気を大きくさせてどんどん金をつぎ込ませるためという理由もある。ただでさえカウンティングでいっぱいいっぱいなのに、これ以上判断力を鈍らされてはたまらない。

ジュースを飲み干し、ひとつ息を吐いて、私は気合いを入れた。

(よし、やるか！)

私は、ゲームに集中し始めた。

チップを置く。サインを出す。すべての仕草は優雅に、けれど頭の中はフル回転させる。そう、まるで、水面下で必死で水を掻く美しい白鳥のように。

次のゲームが始まり、３人のプレイヤーにカードが配られた。現在のカウントはプラス3だ。

一番右端に座る金髪に白髪が交ざる品の良さそうな老婦人の手札は、8と7。もう1枚2を引いて、合計「17」でスタンド。

隣の中国人男性は4と8。ディーラーのフェイスアップカードを見てヒットを選択。3枚目のカードが4、さらに4枚目は6を引いてしまい、合計「22」でバーストしてしまった。

私の手札はJと9。この「19」でスタンドする。

ディーラーのフェイスアップカードは9。フェイスダウンカードをめくると、5だった。3枚目はQでバースト。

この回でカウントのトータルがプラス6となった。シューの中のカードは半分以上配られているだろうか。

(そろそろ勝負時かな)

私は決心した。

ベット金額をあげて、100ドルにする。

私の銀座での1日分の給料だ。けれど、もうそんなけちけちしたことは考えまい。

この場で、私の持っているスキル、運、財産、人生、全てを出し尽くすのだ。

配られたカードは、7と5の「12」。ディーラーのフェイスアップカードは5だ。

私は右掌を下に向けて左右に振り、スタンドのサインを出す。

思惑どおり、ディーラーは「K」を引いてバーストした。フェイスダウンカードは10だった。

(よし!)

私は心の中でガッツポーズをする。

ほかのプレイヤーのカードも含めて、カウントは6と変わらず。引き続き勝負続行だ。

再び100ドルを賭ける。

今度は、私の手札が5、8の合計「13」。ディーラーのファイスアップカードがJだったのでバーストの期待を込めてスタンドしたが、ディーラーは運良く5を引き、フェイスダウンカードの6と合計で「21」となった。私の負けだ。

けれど私は、嘆いたり腹を立てたりせず、ポーカーフェイスを保つ。

サイコロを何百回、何千回も振っていくうちに1から6の目の出る確率が6分の

1に近付くように、ブラックジャックのカウンティングもたくさんのゲームをプレイすることで平均値に近付いていく。1回1回の勝負で一喜一憂していられない。勝負ごとなのだから、負けるのは当たり前。その負けを減らし、勝てるタイミングを見計らって大きく賭けるのだ。

個性豊かな各国の人々が席に着いては離れていく。私は流れる川に釣り糸を垂らし、じっとチャンスを待つ太公望のようだ。

終始気難しそうな顔をした無言の老人もいれば、「やあ、ラスベガスにはよく来るのかい？」と気さくに話しかける朗らかな青年もいた。私は、短いセンテンスで返事をしながら、カウンティングを続けた。

ヒット、スタンドを繰り返し、私のチップも増えたり減ったりを繰り返す。カウントも上がったり下がったり。

最初に両替した2000ドル分のカジノチップも途中で尽き、私は何度も追加で両替した。

夜がふけるにつれて、カジノには人が集まってくる。人出が最高潮を迎えたころ、私に最大のチャンスが巡ってきた。徐々に増えていったカウントが、とうとうプラス10を超えたのだ。

(ここだ……!)

私は、思い切って、500ドルをベットした。

後ろに立つ観客たちのざわめきが聞こえる。

そして、配られた手札は5と6の「11」。

10のハイカードが来れば「21」になるチャンスカードだ。ディーラーのフェイスアップカードはKだった。

ハイカードがシューにたくさん残っている今の状況なら、ダブルダウンをするべきだ。けれど、そうするには、さらにベットを500ドル追加しなければならない。つまりは合計1000ドルを賭けることになる。

勝てば倍、けれど、もしも負けてしまったら1000ドルを一瞬で失ってしまう。

ダブルダウンするか、しないか。

私は自分に問いかける。けれど私の手は、すでに、500ドルのチップをつかんでいた。

(迷ったときは勝負だ!)

そう、ここでしないでいつ勝負するのだ。土壇場の度胸は、ヌードモデルで培った私の持ち味じゃないか。

500ドルのチップを追加する。「オー」とため息のような声が観客から漏れた。

3枚目のカードが配られる。ハイカードの「10」。合計「21」だ。

ディーラーはQを引き、フェイスダウンカードの4と合わせて合計「24」でバーストした。

観客から「グレイト!」という声が上がった。私は心臓がバクバクと鳴っているのを今さらながらに感じた。

ディーラーへのチップとして200ドルを渡す。貴婦人になったつもりで、優雅に、スマートに。

いつしか隣に座っていたイギリス風の紳士が肩をすくめた。

「そんなに使って君の夫はびっくりしないのかい?」

私は笑って「ええ、大丈夫です」と答えた。やはり、金持ちのマダムに見られているのだ。

セレブと思わしき人々と同じテーブルでブラックジャックに興じている今このと

きを、この1年間、どれだけ焦《こ》がれ、思い描いていたことだろう。

一人ぼっちのバースデーで泣いていた私とは大違いだ。

なんて楽しいのだろう。緊張からではなく、楽しすぎて体が震える。脳の中でアドレナリンが放出され、ビリビリと痺れるほどの興奮を覚えている。

私は、この瞬間に酔いしれた。

そのうち、世界から音が遮断され、私はゲームの世界に引き込まれていった。

ゲームオーバー

どれくらいの時間が経ったのだろう。

腕時計のアラームが鳴り、私はやっと現実の世界に引き戻された。

あまりに集中しすぎて、頭の奥がじんじんと痛い。

時計は、深夜12時を示している。なんと、私は午後8時から4時間もの間ずっとゲームに没頭していたのだった。

日付は変わり、私の20代は終わった。ここで、ゲームオーバーだ。

私は、「サンキュー」と言って椅子から立ち上がった。手持ちのチップを回収する。

何度も換金と両替を繰り返し、もう今や、いくら勝っているのか負けているのかもわからない。

カジノチップを急いで換金すると、私はそれを、まるで六本木の「ママ」みたいに無造作に全てバッグに仕舞い込む。

とにかく疲れた。早く部屋に戻りたい。重労働から解放された私の頭は朦朧としていた。

長い長い廊下を歩いてスイートルームに戻ると、ほっと肩の力が抜けた。

私の20代最後の日は終わった。そして、人生の大勝負が終わった。

（いったいどれくらい負けたのだろう？）

体は疲れているけれど、早く結果を確かめたい。私はバッグを開き、中に詰め込んでいたドル札を全てベッドにあけた。

この1日の、この1年の、いや、人生の総決算だ。

100ドル札を1枚1枚数えていく。

（1枚、2枚、3枚、4枚……）

私がカジノに持って行った額は全部で1万ドルだった。100ドル紙幣で数えるとちょうど100枚になる。

日本円で約１００万円。残りの50万円は、航空チケット代や宿泊代、観光代などに使った。

（20枚、21枚、22枚、23枚……）

不思議だ。1年前は公共料金の支払いにも困っていた私が、札束を手にしているなんて。そして、これは正真正銘、全て自分が稼いだのだ。

（77枚、78枚、79枚、80枚……）

札束は残りわずかだ。これで答えが出る。１００枚を切れば、私の負け、超えれば私の勝ち。

（97枚、98枚、99枚……１００！）

１００枚。なんと、１００ドル札は、カジノに持っていた額とぴったり同じく１００枚だった。

（えっ、１００枚？　ぴったり１００枚!?　そんなことって……）

偶然にしては出来すぎている。何かの間違いではないのか？

私は、バッグを覗き込んだ。

すると、くしゃくしゃになった紙幣がもう1枚残っているのを見つけた。

（あった！）

私は慌ててそれを取り出して、広げる。それは……5ドル紙幣だった。

（5ドル……）

100ドル札が100枚、5ドル札が1枚。合計で1万5ドル。勝ち分はたったの5ドル。これが、私の戦果のすべてだ。

ディーラーに、バンバン渡していたチップを計上すればもっと勝っていたのかもしれない。けれど、私の手元に残ったのは、プラス5ドルだけ。

私は、しわくちゃの5ドル紙幣をじっと眺めた。

第16代アメリカ大統領エイブラハム・リンカーンの肖像画と目が合う。なにやら厳《いか》めしい顔のリンカーンは、

「おめでとう。勝ったね」

と言っているようにも

「たったの5ドルかい。まったく仕方ないね」

と言っているようにも見えた。

じわじわと実感がこみ上げてきた。

（……そうか、勝ったんだ。たったの5ドルだけど、私、勝ったんだ）

私は、5ドル札を、ライトに透かすように両手で掲げた。

ほかの人が見たら、ただのしわしわの5ドル札。せいぜい、ハンバーガーひとつほどの価値。けれど、今の私には、世界で一番意味のある紙きれなのだ。

私の腹の底から笑いがこみ上げてきた。

（……勝った！　私は、人生の大勝負に、勝ったんだ！）

大儲けもしなかったし、大負けもしなかった。1万ドルという大金を賭けて、勝ったのはたったの5ドル。ほんのちょっとだけの勝利。なんて私らしいんだろう。

私は、とうとう声を出して笑ってしまった。

私は大きな声で思い切り笑いながら、ベッドに散らばった100ドル紙幣を両手ですくって上に放り投げる。

紙幣が舞い踊り、私の頭に、肩に降り注いだ。それは、ひらひらと舞い踊る紙ふぶきのようだった。

「ハッピーバースデー、わたし」

私は、1年前と同じ台詞を、1年前とはまったく違う気持ちで言った。

どさりとベッドに倒れ込み、しばし目を閉じる。

この1年の様々な出来事が走馬灯のように頭の中を駆け巡った。出会ったたくさんの人々の顔がまぶたの裏に浮かぶ。

私は立ち上がり、スーツケースに歩み寄った。

睡眠薬の入ったプラスチックのケースを取り出し、トイレにその中身の白い錠剤をすべて流した。

余命を生き続ける

私は、6畳一間のアパートに戻っていた。

29歳の私が自分にかけたシンデレラの魔法は一夜にして解け、以前と変わらない時間が淡々と流れている。あの華々しい日々がまるで嘘のようだ。けれど、私の中の何かは確実に変わっていた。

私は、あの日、死ななかった。

それは、カジノでの勝負に勝ったからじゃない。今度は、死なないことを選択したのだ。私は、人生の延長戦を続けることに決めたのだ。

私が、30歳になった私にプレゼントしたものは、「命」だった。

ただ、ラスベガスで死のうと決めていた私は、そのあとのことなど何も考えていなかった。たとえ生きることを決めて日本に戻ったとしても、目標を失った自分が虚脱感に襲われてしまうのではないかという心配もあった。

けれど、今は不思議と「さあ、これから何をしよう！」というエネルギーが湧き上がるのを感じている。

たった6日間の旅行が私を、私の人生を劇的に変えてくれた。いや、思い返してみれば、本当に刺激的だったのは、ラスベガスに行くまでの1年間だったような気がする。

楽しいこと、不思議なこと、辛いこと、幸せなこと……たくさんの新鮮な驚きがあり、たくさんの感情を揺さぶられた。人生でもっとも濃い1年だった。

30歳になったあの瞬間ではなく、必死で足掻《あが》いていたそれまでの1年の間に、私はすでに「死」の呪縛から抜け出していたのかもしれない。

人生の旅は、行こうと決めたあのときから、きっと始まっていたのだ。

「クラブ幸」には、事情を全て話し、辞めさせてもらうことにした。

「ラスベガスのために」という目的がなくなった今、ホステスをしている理由はなくなった。ホステス業は、目的のための手段であって、だからこそ割り切ってストッパーをかけることができた。けれど、もしも、居心地がいいからとこのまま続けたら、ストッパーのなくなった私は道を外れていってしまうだろう。レイナさんやチカちゃんメグミちゃんたちホステス仲間は、懸命に引きとめてくれた。

さらに嬉しかったのは、最初は私を雇うことにあれほどまでに渋っていたママが、「まだしばらく働けばいいじゃない」と寂しがってくれたことだ。

けれど、私の意志が固いことを知ると、「そうね、アマリちゃんにはこの世界は似合わないかもしれないわね。アマリちゃんには、きっともっといい道が見つかるわ」と言って、理解を示してくれたのだった。

銀座で出会った大切な友人たちと別れるのは寂しいけれど、永遠の別れじゃない。歩む道は違っても、これからもずっと縁を紡いでいけると、私は確信している。

ヌードモデルの仕事もきっぱり辞めることにした。

この仕事からも、本当に色々なことを勉強した。昼の仕事だけでは知り得ない、様々な角度から自分を発見するきっかけになった。価値観もずいぶん変わった。

正直、割のいい仕事だし、続けてもいいかもな……なんて思う。けれど、それは今の私にとって不要なことだ。

贅沢しなくていい。お金持ちになんてならなくていい。本当の幸せはお金のあるなしじゃない、と私はもう知っている。

地道に働いて、両親のように平凡でも幸せな家庭を築きたい。

それが、私の新しい夢だ。

今、両親の顔がはっきりと思い浮かぶ。

私は、家族が大好きだった。生まれ育った温かい家庭が大好きだった。私の中には、いつも愛し、見守ってくれる家族の存在があった。それなのに私は、なぜか「自分はダメな人間だ……」と勝手にいじけて、疎遠になっていた。自分は家族から必要とされていないと思い込んでいた。

きっと、そんなことはなかったのに。家族はいつだって私の味方でいてくれたのに。

これまで、自分のことで精一杯だった私だけれど、これからは、両親に恩返しをしていきたいと思っている。これまで親不孝だった分、一生懸命、家族を大切にしていきたい。

私は、ホステスとヌードモデルの仕事を辞めて余った時間を、次の目標のために使うことにした。

1年後。

31歳になった私は、ファイナンシャルプランナーの資格を取得し、外資系の会社に正社員として転職することができた。

そういうことには疎《うと》い母でさえ名前を知っている大きな会社だ。お台場にあるインテリジェントビルで、私はやりがいのある新しい仕事に取り組んでいる。

それから、これはちょっと余談だけれど、私が、派遣先を辞めると告げたとき、なんと会社から「正社員にならないか？」という打診があった。

がむしゃらに働いていた私は、「変わっているけれど、仕事の出来るスーパー派遣社員」と評価されていたようだ。

私は少し迷ったけれど、新しい会社に移ることに決めた。やりたいことがそこで見つかりそうな気がしたからだ。

会社を辞める日、私は思い切って社長のところへ挨拶に行った。

一派遣社員が社長に退職の挨拶をしにくるなんて異例のことだろう。最初は私に気付かずに怪訝《けげん》な顔をしていた社長だったけれど、突然、思い出したように言った。

「君……アマリちゃんじゃないよね？」

私は、それには答えず「お世話になりました」とだけ言って微笑んだ。

社長が私だと確信したかはわからない。でも、それは、はっきりとさせないほうがいいということをお互いにわかっていた。

こうして、私はまた新しい道を走り出した。


余命1年──私が私に暗示をかけたこの言葉。

それは、私にとって魔法の言葉だった。

余命とは、自分に残された時間のことだ。

私は、人生に限りがあることを意識していなかった。だから、時間を無駄にし、何のビジョンも持たずにただなんとなく生きていた。何もせず、ただ嘆いてばかりいた。

けれど、この自己暗示に追い立てられて初めて、私は人生を全力で走り出した。本当に乱暴なやり方の自己改革だったけれど、文字どおり「死ぬ気」になったからこそどんなことでも乗り越えられたのだと思う。生きるパワーを与えてくれたのは、私の決めた「余命1年」という自己暗示だったのだ。

空を見上げると、あのラスベガスを思い出させる真夏の太陽がまぶしく輝き、全てのものに平等に光を与えている。

たったの7日間しか地上で生きることのできない蝉が、力強く鳴いている。

ヒマワリが強い陽射しから顔を逸らさずにすっくと立っている。

見渡せば、みんな、自分の生を懸命に生きている。

私は、自分に宣告を下したあのときからずっと、余命を生きている。そしてそれは、延長戦に入った。生きることを諦めなければ、延長戦はこれからもずっと続いていく。

限られた人生の時間を大切に走り続けていこう。私の余命が続く限り。

あとがきにかえて

前へ前へ…

オープンブックス編集長　宮川美恵子

２０１０年、「日本にもっと感動を！」をスローガンに、『日本感動大賞』がラジオ局のニッポン放送と出版社のリンダパブリッシャーズによって設立されました。

これは、一般から応募された感動的な実話の中から、もっとも感動を与えた作品に与えられ、それを書籍化するという賞です。

選考委員が各1作品ずつ金賞作品を選び、さらにその中から、大賞が決定されます。

応募資格は特になし。自分や知人の感動的な体験を、文章で応募してもらう形式ですが、内容も、書き方も、文字数も、一切制限はありません。

原稿用紙や便箋、ハガキ1枚でも、メールでの応募も可能、という自由さ、気軽さが良かったのでしょうか。今回、全国から１０４６通もの応募をいただきました。この場を借りて御礼申し上げます。

そして、その応募の中から、栄えある第1回目の大賞をみごと受賞したのが、葉山アマリさん（仮名）でした。

彼女の感動的な作品はテーマがとてもはっきりしており、書籍化したい、と思わせてくれるパワーがありました。

そして、個人情報の観点から、すべて仮名とさせていただきましたが、彼女の実話を基に、この本を構成しました。

取材のためにお会いしたアマリさんは、艶やかでありながら凛とした雰囲気のある美しい女性でした。

容姿にも内面にも自信がなく、コンプレックスの塊だったなんて、まるで想像できません。

彼女は「こんな私の体験が誰かの役に立つのなら」と書籍化を大変喜んでくださいました。

29歳の誕生日、すべてに絶望していた彼女は、ラスベガスに行こうと決めたときから、人生が180度変わりました。必死にもがき、あがいて、全力で走り続けた結果、素晴らしい未来を手に入れたのでした。

しかし、彼女は「人生は単なるハッピーエンドで終わるほど単純なものではない」ということを、今は知っています。

彼女はすでにファイナンシャルプランナーや簿記などの資格を取得していますが、今も、資格取得へ向けて毎日の勉強を欠かさないのだそうです。

それは、「ラスベガス以前の自分に二度と戻りたくない！」という強い気持ちがあるから。走り続けていないと、またあのころの自分に戻ってしまうのではないかという不安も、やっぱりあると言います。

でも、それだけ失いたくないと思えるものを手にしたということは、幸せなことなのでしょうね、とも。

そして、人生を全速力で走る彼女は、今、実生活でも走り始めました。趣味で始めたランニングが本格化し、ラスベガス帰国から1年後には、地方の大会でフルマラソンを完走したのです。

さらに彼女の趣味は発展しているようです。今は登山の魅力に取りつかれ、かなり険しい山を登っているのだとか。

そして、「今やらなかったらきっと一生後悔する」と猛烈に婚活もスタートしたようです。


あれほどまで絶望していた30代もすでに半ばとなったアマリさん。今では、「40代をこれからどんなふうに生きようか？」と想像するのが、楽しいと言います。

幸福の形は人によってそれぞれだけれど、それはきっと気持ちの持ち方ひとつ。ラスベガス以降はそんなふうに思えるようになりました、と。

今、彼女にとって自分が前へ前へと進んでいる、と実感できる時間が一番充実しているそうです。

彼女の好奇心とチャレンジ精神は、まだまだ留まることを知りません。

ラスベガスを目指して、必死に生きたあの1年と同じように。

編集協力　高橋美夕紀
特別協力　岡部恭子（ラスベガス観光局）
装丁・ＤＴＰ　新藤昇
写真　Lasvegas News Bureau
(p166,167　p170,171　p175　p178,179)
校閲　高橋美津子（かんがり舎）
澤木裕子（かんがり舎）

※写真はイメージです。写っているのは著者本人ではありません。

オープンブックス
29歳の誕生日、あと1年で死のうと決めた。

2011年7月6日　初版第1刷発行
2011年10月5日　初版第4刷発行

著者　葉山アマリ
編集人　宮川美恵子
企画・編集　株式会社リンダパブリッシャーズ
東京都港区東麻布1-8-4-1503 〒106-0044
ホームページhttp://lindapublishers.com

発行者　新保勝則
発行所　株式会社泰文堂
東京都港区東麻布1-8-4-1503 〒106-0044
電話03-3568-7972

印刷・製本　株式会社廣済堂
用紙　日本紙通商株式会社

定価はカバーに表示してあります。
万一、落丁・乱丁などの不良品がありましたら小社（リンダパブリッシャーズ）までお送りください。送料小社負担にてお取り替えいたします。

ISBN978-4-8030-0222-5 C0095